Rumbo Sur

Guido Finzi

Rumbo Sur

ACVF EDITORIAL
MADRID

Diseño de la colección:
La Vieja Factoría
Ilustración de cubierta: «Barómetro», de Sarah J. Photography.

Lectura de prepublicación:
  Lola Coya y José Ramírez

Primera edición en ACVF: noviembre de 2015 (ebook y libro)

© ACVF EDITORIAL, de la presente edición, 2015
  www.acvf.es

ISBN: 978-84-943541-7-5

Impresión digital bajo demanda. También disponible en *eBook*

A mis padres y mi hermano

Ficciones

El Café Baccara, que en otro tiempo tuvo un aura de finura, con sus cristales emplomados, mesas de hierro fundido y mucho mármol, se había convertido en un rincón propicio para nostálgicos e insomnes. O sea, para tipos como yo. Por eso era fácil verme allí, intentando encontrar inspiración para mis cuentos y empaparme de un semblante literario del que adolecía, y que adivinaba impregnado en cada uno de sus rincones. No en vano, por sus mesas habían pasado los más célebres autores argentinos y extranjeros, amén de grandes nombres de la pintura, el teatro, el cine y la política. Así que yo, en mi pueril superstición, creía que un rastro de la esencia de esos personajes permanecía, de un modo impalpable, en el interior de aquel amplio salón. Y que algo de ello, sin saber cómo, se me terminaría contagiando.

Normalmente, me acercaba al Baccara después de cenar, y tenía por costumbre elegir alguna mesa del fondo, lo más alejado posible de la puerta. Desde ahí podía observar cómodamente el trasiego de clientes, entregándome a la lúdica especulación sobre sus soledades y secretos, fantasías y oscuras interioridades, emborronando sin piedad las hojas de mi libreta con bocetos de supuestos personajes para mis futuras ficciones. Curiosamente, a lo largo de las numerosas ocasiones en que acudí al Baccara, jamás entablé conversación con nadie, salvo una vez, y ni siquiera de esto estoy seguro...

Recuerdo que fue una insalubre noche de marzo. Los mosquitos y los rigores de la humedad rioplatense se habían empeñado en quitarme el sueño, haciéndome sentir la imperiosa necesidad de bajar al Baccara para leer un rato, tomar algo y relajarme. El local estaba prácticamente vacío a esas horas, con la única excepción de un anciano que ocupaba una mesa pegada al ventanal. No bien entré, y para mi sorpresa, éste me saludó, como si me conociera de algo, e hizo señas para que me acercara hasta donde estaba. Yo lo observé con atención unos instantes, confirmando mi impresión inicial de no conocerlo de nada. Sin embargo, no dudé en aproximarme, alentado por la sospecha de que pudiera ser algún amigo de mi viejo o mis abuelos.

—Disculpe, ¿nos conocemos? —pregunté.

—No se preocupe de eso, joven, y tome asiento... hágame el favor.

El tipo debía de tener al menos ochenta años y aun sentado se le adivinaba alto. Tenía los hombros anchos, la piel sonrosada, y sus cabellos blancos, peinados hacia atrás, lucían esponjosos y suaves como si fueran de lana. Su traje de buen corte, las modulaciones de su voz, y los ademanes que esgrimía, lo presentaban como una persona de esmerada educación y, probablemente, sólida posición económica.

—¿Me permitiría invitarle a un oporto?

—¿Por qué no? —dije, dejándome llevar por la agradable sensación de conocer a alguien que adivinaba interesante y que, al igual que yo, tenía en estima al afamado vino portugués.

Hizo señas al mozo y éste se personó enseguida, con dos copas llenas a rebosar.

—Me llamo Iosef Dogany —se presentó tras dar un primer sorbo— y durante muchos años fui cliente más que habitual de este lugar... Entonces coincidíamos acá un nutrido grupo de húngaros, polacos y rumanos exiliados de la Segunda Guerra Mundial, a los que nos gustaba reunirnos para hablar en nuestras lenguas nacionales o en yidis y jugar al ajedrez... Por eso, cuando lo vi entrar con ese libro de Elie Wiesel bajo el brazo, no pude evitar invitarlo a sentarse a mi mesa... Discúlpeme el atrevimiento, pero yo lo conocí personalmente y me hizo evocar aquellas entrañables veladas...

—¿Conoció a Elie Wiesel? —inquirí entusiasmado, ya que se trataba de mi autor preferido.

—Sí, y no sólo eso, sino que, y esto va a gustarle, el señor Wiesel vino en repetidas ocasiones a este sitio. Con toda probabilidad, incluso llegó a sentarse en esa silla que usted ocupa ahora mismo. Como bien sabe, la primera edición de *La noche* fue editada en Buenos Aires por la Unión Central Israelita Polaca, bajo la guía de Mark Turkow, un buen amigo con el que coincidía en estas mesas al menos un par de veces por semana y que nos presentó al genial escritor transilvano al resto de habituales.

Yo no salía de mi asombro ante sus revelaciones y durante algo más de hora y media escuché con febril admiración la historia de su vida y la de otros muchos individuos que, como él, arribaron a la Argentina huyendo de la barbarie nazi que asolaba Europa. Supe que el señor Dogany había sido un violinista de fama internacional, un niño prodigio que, desde su Budapest natal, recorrió los más reputados teatros del mundo acompañado siempre por su familia, salvándose así del exterminio. Desde entonces, fijó su residencia en Buenos Aires y, aunque viajaba frecuentemente, siempre retornaba a su hogar porteño, agradecido al país que les había salvado la vida.

Sentí una honda pena cuando nos despedimos, por lo que, apenas dos noches más tarde, y aún preso de cierto estado de efervescencia existencial, retorné ansioso al Baccara para proseguir la conversación con el anciano (en realidad, yo me limitaba a escuchar sus narraciones). Pregunté por el señor Dogany al mismo mozo que nos había atendido y, para mi perplejidad, me confesó que ese cliente llevaba muerto aproximadamente una década.

—No puede ser. Anteayer estuve tomando oporto con él en aquella mesa del fondo, ¿no se acuerda?

—Sí, señor, me acuerdo de usted, pero estuvo bebiendo solo, y no oporto, que es una bebida que hace años que no servimos, sino grappa.

Lo miré fijamente a los ojos en busca de algún atisbo de burla, pero su mirada reflejaba la natural serenidad de siempre.

—Está bien, está bien —di por concluido el asunto, sabiendo que no llegaría a ninguna parte discutiendo con él.

Regresé a la noche siguiente, y a la otra y otras muchas, pero jamás volví a encontrarme con el señor Dogany. A partir de aquello, elaboré todo tipo de teorías para explicar el extraño suceso. Algunas tan demenciales que me avergüenzo sólo de intentar recordarlas. Como suele suceder, con el tiempo fui olvidándome del asunto, hasta que este pasado domingo, recorriendo la feria de libros del Parque Centenario, hallé, entre un revoltijo de viejos volúmenes, ajados y descoloridos, una primera edición de *La noche*. Me temblaron las manos en cuanto lo agarré, y lo adquirí por una miseria. Apenas abierto, casi se me para el corazón de un infarto: en una dedicatoria con tinta azul, y en húngaro, puede distinguir los siguientes nombres: Dogany, E.Wiesel, Buenos Aires; y un año: 1956. Inmediatamente, corrí hasta la cochera donde guardaba mi auto y me dirigí presuroso a casa de Imre Tabori, quien fuera íntimo amigo de mi difunto abuelo paterno y médico de cabecera de toda la familia. No debió de transcurrir más de un cuarto de hora cuando, sentado en un cómodo sofá de su elegante departamento de la calle Charcas, escuché la potente voz del señor Tabori traduciéndome aquellas palabras:

Para mi querido amigo Dogany,
con sincero afecto,
E. Wiesel
Buenos Aires, agosto de 1956

Una historia romana

Hará unos cuatro años, mi amigo Sebastián Liuzzi, descendiente de los generales Guido y Giorgio Liuzzi, me envió desde París una primera edición de *Sociologia delle Religioni*, de Umberto Cassuto (Turín, 1929). En aquel entonces, yo apenas sabía nada del autor, y mis únicas referencias se reducían a su origen florentino y a que, durante un tiempo, había coincidido con Scholem en la Universidad Hebrea de Jerusalén. Por encima de estas consideraciones y el interés que me suscitaba el título, lo que me fascinó de inmediato fue la presencia física del libro: cosido a mano y encuadernado en cuero negro y oro, con una delicadeza de artesano hoy fatalmente desaparecida. Esta atracción visual me empujaba irremisiblemente a acariciarlo, a palpar la suavidad de su piel y notar en la punta de los dedos la depresión de las letras de la cubierta y el lomo. Según me contó, en una carta adjunta, lo había adquirido en una librería del distrito XVI regentada por un viejito de nombre Moïsse Gabbay y que le fuera recomendada por su primo Michel. Más tarde supe, conversando con el anciano, que el local era frecuentado por gente como Pierre Vidal-Naquet o Maurice Molho, y observó, sobre la gran mesa que utilizaba de escritorio, una foto enmarcada en la que el viejo posa sonriente junto a Erwin Panofsky.

Después de manosearlo un rato por fuera, finalmente abrí el libro y empecé a hojearlo, al azar, yendo y viniendo de atrás adelante y de adelante atrás. Algunas hojas estaban pegadas, supuse que a efectos de la humedad contenida durante décadas, y me entretuve en separarlas, cuidadosamente, con miedo a rasgarlas. Cuando casi estaba acabando, me topé con un grupo de unas seis u ocho que me dieron mayor trabajo y que encerraban una sorpresa del todo inesperada. Entre las dos últimas (las del centro), apareció un papel, pequeño, contenido en medio de ellas como dentro de un sobre. Lo tomé en mis manos y lo examiné. De inmediato, comprobé que era una breve carta escrita en italiano y a lápiz rojo por ambas caras. Estaba fechada en Fossoli el 28 de mayo de 1944, y al dorso presentaba la rúbrica de un tal Vittorio Pacifici.

La caligrafía era esmerada, y evidenciaba un alto grado de instrucción en quien la había escrito, pronóstico que quedaría confirmado en cuanto comencé a leerla. Con pulcra sintaxis, Vittorio Pacifici reiteraba un profundo amor hacia su amada, Adela, y se despedía ante la inminencia de su traslado hacia algún lugar incierto del Este de Europa.

Releí la carta varias veces, sin conseguir despegarme del cierto ánimo metafísico que me había provocado la primera lectura. Quedé pensativo y callado, quieto, con la mente retrocediendo a un tiempo pasado que no viví, y empatizando con desgracias ajenas que pudieron ser mías. A fin de cuentas, mi familia escapó por los pelos de similares destinos.

Al irse diluyendo estas sensaciones, me entregué a la pragmática tarea de averiguar todo lo que pudiera sobre Vittorio y Adela. Llamé a mi amigo (albergaba la paranoica hipótesis de que la inclusión de la carta en el libro hubiera sido idea suya), visité numerosas páginas de Internet, y pregunté en mi entorno familiar, tanto en Argentina como en Italia. De todas estas indagaciones no saqué nada en claro. Apenas algún recuerdo vago sobre alguien de apellido Pacifici, pero que no coincidía con Vittorio. Finalmente, me puse en contacto con la Comunidad Judía de Roma, donde, tras diversas comprobaciones respecto a mi identidad y los motivos de mi consulta, accedieron a compartir la información de la que disponían. Así conseguí saber que Vittorio Pacifici había nacido en Roma el 5 de enero de 1910, ejercido como abogado hasta la instauración de las *Leyes Raciales*, y finalizado sus días en Auschwitz en una fecha sin determinar. Referente a Adela, no figuraba nadie con ese nombre en sus registros de la época. «Probablemente fuera católica», me dijeron.

Sólo cuando al año siguiente viajé a Roma, y mostré la carta a uno de los principales dirigentes de la colectividad, tuvieron a bien darme un dato adicional de suma importancia: en la ciudad aún vivía una prima hermana de Vittorio. A petición mía, el propio doctor Sereni la telefoneó al momento, concertándome un encuentro para aquella misma tarde. La nonagenaria señora, hija de un hermano del padre de Vittorio, residía en el Prati, en una distinguida vivienda de principios de siglo, que compartía con su hijo, notario como el difunto padre, y su nuera.

Fiel a mis costumbres, llegué puntual a la cita, toqué el timbre, y una persona del servicio me escoltó hasta el salón, donde la familia me estaba esperando. Me saludaron con cordialidad, me invitaron a tomar un té y, sin mucho más preámbulos, leyeron por turnos la carta que les ofrecí. Se emocionaron, y la nonagenaria comenzó a narrarme la historia de los suyos, siguiendo su propia jerarquía de recuerdos. Mientras lo hacía, me iba mostrando antiguas fotos en blanco y negro, y por primera vez pude ver cómo había sido Vittorio, su primo favorito, siete años mayor que ella y a quien siempre consideró como un hermano.

Con renovadas lágrimas en los ojos, doña Natalia no dejaba de apretarme repetidamente las manos y de darme las gracias. Los demás se sumaron al agradecimiento, y yo tuve que esforzarme en no sucumbir a lo emotivo del momento. Consciente de mi incomodidad y con el propósito de desdramatizar el instante, el hijo, Arnaldo, propuso que fuéramos a cenar al viejo gueto, a un restaurante casi pegado al Portico D'Ottavia. No tenemos que ponernos tristes, dijo, añadiendo que yo era su invitado de honor, y no podía negarme a las excelencias de la cocina judía romana. Lejos de oponerme, acepté encantado, disfruté de una velada entrañable, y terminé ganando tres nuevos amigos en la ciudad.

El año pasado, mediante un llamado telefónico, Arnaldo me comunicó el fallecimiento de su madre. Cumpliendo con una de sus últimas voluntades, la carta del primo Vittorio pasó a formar parte de los fondos del

Museo Hebraico de Roma, donde aparece expuesta junto a una tarjeta informativa en la que se lee: *Donazione di Guido Finzi*.

De Adela, nunca nada se supo.

Malo conocido

Si la invité a tomar un cafecito y charlar un rato, no fue por iniciativa propia, sino accediendo al ruego desesperado de Valentín. Mi amigo me instó a que indagara sobre las motivaciones que la llevaron a abandonarle después de diez años de matrimonio. Y yo cedí a sus súplicas.

Celia no mostró sorpresa ante mi invitación, ni siquiera preguntó por el objeto de la cita, y se presentó en el Café Moldavia con puntualidad suiza. Yo lo hice con cierto adelanto, apenas cinco minutos, así que tuve tiempo de elegir una mesa contra la ventana y verla aparecer por la puerta.

Me puse en pie cuando llegó a mi lado, y me dio un beso antes de ofrecerle caballerosamente una silla. Se quitó el abrigo, colgó el bolso del respaldo y tomó asiento. Cruzó las manos sobre el mármol y me miró directamente a los ojos.

—Vos dirás —dijo directamente.

—Mejor pedimos, y después te explico —contesté, haciendo señas a un mozo que aguardaba educadamente a escasos metros.

Mientras llegaban nuestras bebidas, una ginebra para mí y té con leche para ella, intercambiamos los habituales comentarios sobre el tiempo y las previsiones meteorológicas. Cuando finalmente tuvimos nuestras consumiciones delante, entré en materia, intentando no mostrarme dubitativo ni parecer que llevaba un guión establecido.

—Mirá, Celia... vos sabés que yo soy amigo de Valentín desde hace mucho, ¿no?

—Ah, era eso —me interrumpió, como si esperara que el motivo de vernos fuera otro.

En ese momento, no supe interpretar su reacción y no le di mayor importancia, por lo que proseguí con lo que estaba.

—Como te decía, somos amigos desde hace tiempo y, la verdad, lo veo mal, muy mal. Anda como boleado, ¿viste? Como un alma en pena, y tengo miedo de que le de por hacer una locura —exageré—. Vos sos la mujer de su vida, lo que más quiere, y que ahora no estés con él es algo que no entiende. La vida se le dio vuelta de repente y no termina de encajarlo...

—¿Te mandó él que hablaras conmigo?

—No, ¡por favor! —mentí—, ¿por quién me tomaste?

—Con él me ahogo, Guido, me aburro. Nunca una sorpresa, una transgresión, sino que todos los días lo mismo... una tediosa convivencia demarcada por estrechas coordenadas de las que nunca salimos. A su lado siento que no vivo, y que mis mejores años se me escapan en medio de la nada, como a esas mujeres de antes, que no tenían más entretenimiento que pasarse las horas tejiendo, salir a comprar a la mercería o escuchar los seriales radiofónicos. Yo no quiero una vida tan chata ni chota. ¡Quiero vivirrr, Guido, vivirrrr!

—¿Y todo esto se lo dijiste?

—Claaro, mil veces, pero es inútil. La gente no cambia, y menos él, que tiene que planificar hasta las veces que va al baño. A mí me gustaría que fuera distinto, un tipo aventurero como... como vos, ¿entendés? —explicó, alargando sus manos hacia las mías y mirándome con provocación.

Al notar el contacto, sentí una súbita oleada de vértigo. El corazón me latía con fuerza y la adrenalina empezaba a circularme violentamente por el torrente sanguíneo.

—¿Sabés lo que te quiero decir? —inquirió.

Más que saberlo, lo intuía: la mujer de un amigo me estaba intentando seducir. Y no estaba mal el asunto, porque, dejando de lado los aspectos morales, Celia era una madura espléndida que, a sus cuarenta y monedas, resultaba más excitante que cualquier pendejita rubia de piernas largas y trasero respingón.

—Perfectamente —volví a mentir, esta vez a medias y disimulando con una sonrisa mi nerviosismo.

El diálogo no se extendió más allá de lo imprescindible y, un rato después, estábamos los dos revolcándonos en un telo cercano, excitados por la infidelidad suya y la traición mía.

Nos volvimos a ver al día siguiente, en el mismo café y a la misma hora, y terminamos, nuevamente, perdiendo la verticalidad entre sábanas alquiladas. La única diferencia, y notoria, fue la despedida. Celia se sentía asaltada por la culpa, y sus últimas palabras, regadas con lágrimas menudas, fueron: «Esto no va a funcionar, Guido». No dije nada. No tenía nada que decir, así que la dejé marchar, sabiendo perfectamente adónde iría.

Pasados unos días, paseando por Independencia, me encontré con Valentín. Llevaba a su perro con la correa y vino apurado a mi encuentro en cuanto me vio. Me abrazó y, con una gran sonrisa de contento en la cara, me dijo:

—¡Sos un fenómeno, Guido, un auténtico fenómeno!

Arqueé las cejas interrogativamente, haciéndome el sonso. Comprendía de sobra a qué se refería, pero quería ver por dónde seguía.

—No sé qué le dijiste a mi jermu, pero la mataste. Volvió a mi lado como un corderito —explicó—. No sabés cuánto te lo agradezco, che.

—Bueno, ya sabés cómo son las minas...Todas unas piantadas —bromeé, sin entrar en explicaciones sobre el funcionamiento de la histeria y la culpa.

—Jajaja, tenés razón. Sos un amigo macanudo, flaco. Pedime lo que querás.

—No, ¡qué te voy a pedir!, para eso estamos los amigos, ¿no? —respondí, pero pensando en pedirle dos cosas: que no fuera tan pelotudo y que, si volvía a tener el mismo problema, me mandara a Celia de vuelta.

Acerca de otro

—Sin querer entrar en espinosas controversias, déjeme que le cuente, ahora que se cumplen veinte años de su fallecimiento, quién fue Guille «Martillo» Gondini. No voy a ser tan soberbio de decir que le conocí mucho, apenas un poco, pero sí supe de él más que algunos de los que alardean de haber sido sus amigos. Para empezar, le diré que ni siquiera nació en la fecha que señalan sus biógrafos, el 24 de agosto de 1941, sino un 24 de marzo de entre 1935 y 1939. Tampoco lo hizo en Buenos Aires, sino en Villa Clara, provincia de Entre Ríos, bajo el nombre de Moshé Batvinik, siendo hijo de Runia e Isaak, oriundos de un pequeño pueblo en las cercanías de Kiev. Gondini se lo puso después, cuando se vino a la capital.

—¿Me está diciendo que vivió casi toda su vida con documentos falsos? —preguntó, asombrado, el joven periodista.

—¿Y vos, flaco, te pensás que, con esa nariz aguileña y siendo pelirrojo, era tano? Si tenía una pinta de ruso que mataba. Mirá, pibe, olvidate de todo lo que leíste sobre él. Casi todo es falso, puras mentiras inventadas por él mismo y repetidas por otros.

El viejo hizo una pausa larga, teatral, con una reflexiva mirada hacia el techo, antes de seguir hablando:

—Y no es cierto eso de que se metió a boxear por un desengaño amoroso... Se desmesuró el papel de Rosita Balmaseda, su primer amor. En realidad, lo que empujó a Guille a los cuadriláteros fue el azar, o el destino, si lo preferís. Una tarde, cuando tendría como catorce años, andaba por el Once con un amigo y, de pronto, se vieron rodeados por un grupito de ocho o nueve desgraciados de Tacuará, que andaban a la caza de judíos, exhibiendo su patrioterismo barato de banderita y escarapela , mientras los milicos miraban para otra parte y los dejaban hacer. Cobraron de lo lindo, y pudo ser peor de no haber acudido varios vecinos al rescate, pero varios fachistas se fueron calentitos tras probar el rigor de los puños de Moshé, porque en aquel tiempo todavía era Moshé, o Moisés. Quiso entonces la casualidad que uno de sus salvadores fuera preparador en un gimnasio de boxeo cercano, quien, vivamente impresionado por cómo se defendió el entrerriano, lo invitó a que se pasara a dar una vuelta por el local. El pibe fue y le gustó. Así que olvidate de todas esas pavadas de que una mujer le hirió y se sacó la furia a puñetazos o que venía de un ambiente marginal marcado por la pobreza y los malos tratos, porque eso no son más que pavadas y puras invenciones.

—Sin embargo, él mismo proclamaba esas cosas... —se quejó el periodista.

—Guille decía lo que se le cantaba de las bolas. Y lo hacía porque podía hacerlo, porque para eso fue campeón mundial de los medios —explicó el viejo con un dedo índice en alto.

—¿Y sobre su muerte?, ¿qué me cuenta de su muerte? Parece fuera de toda duda que le mataron porque andaba encamado con la esposa del mafioso para quien laburaba de guardaespaldas, aunque nunca se pudo demostrar nada.

—Sí, eso cuentan, pero, como ya te dije, olvidate de todo lo que sabés sobre él y haceme caso. Guille no andaba con ninguna mina. ¡Con ninguna! Lo liquidaron disparándole por detrás, claro, pero por otro motivo...

—¿Qué otro motivo? —inquirió el joven.

—Por celos, pero no como vos pensás —contestó, enigmático.

—¿Por celos, pero no se encamaba con la mina? No entiendo nada.

—No podés entenderlo, así que dejalo estar, pibe —sentenció el viejo, levantándose de su silla y antes de añadir un apresurado «tengo que irme».

—¿No se toma otra grappa?

—Te lo agradezco, pero ando apurado.

—Una última cosa, don, y me va a perdonar, porque yo no soy Einstein, ¿vio? pero... ¿está dándome a entender que usted y Guille... y el mafioso... y que por eso lo mandó matar?

El viejo no respondió; se encogió de hombros, se dio la vuelta y, sin más, salió por la puerta.

Gente bien

La desoladora tarde de domingo se vio súbitamente alterada por una violenta lluvia. Las gotas caían con furia y en menos que canta un gallo mis ropas quedaron empapadas, los goterones resbalaban por mi cara y el pelo se me aplastaba sobre el cráneo. Así, pasado por agua, me metí en la primera cafetería que encontré. El pulcro aspecto de la fachada y el neón rosa con el nombre, Long Beach, anticipaban, para cualquier mente medianamente intuitiva, lo que hallaría en el interior: un local amplio, más iluminado que un laboratorio, forrado con formica y decorado en una paleta de colores propia de un cuadro de Lichtenstein, es decir, blanco, azul, rojo y amarillo.

Enseguida tomé asiento a una mesa y pedí un whisky. Me pusieron mala cara (la sugerencia de la semana era el jugo de mango con kiwi), pero me sirvieron un excelente escocés. Apenas le di dos tragos, ya me sentí reconfortado, feliz de estar sentado disfrutando de una copa mientras en la calle llovía a mares. Únicamente me faltaba un poco de nicotina, pero aquel era un lugar libre de humos, y de haber encendido un cigarrillo, es seguro que me habrían linchado.

Aburrido de ver llover, paseé mi vista por el entorno. La totalidad de la clientela pertenecía, excepto yo, a la endogámica burguesía porteña: pimpollos con camisetas Lacoste y el pelo en punta, muñequitas cuarentonas, rubias, estiradas, y algún que otro cincuentón de camisa a rayas y pulserita de cuero en la muñeca. Casualmente, junto a uno de éstos se encontraba un claro exponente de la segunda categoría, y antigua novia mía en los lejanos tiempos de la facultad: Cristina Unzueta y Baigorri. Aun cuando desvié mis ojos nada más reconocerla, no fui lo suficientemente rápido para esquivarla, e inmediatamente me estaba haciendo señas con la mano y llamándome por mi nombre. Más por vergüenza que por otro motivo, me acerqué a su mesa. Hechas las presentaciones, aquí mi prometido Micky, aquí un amigo de la facultad, a su acompañante le salió el gallito compadrón que llevaba dentro y lucía por fuera.

—Así que vos sos escritor, ¿y por qué no te dedicás a algo de provecho? Jajaja —pretendía ser gracioso, el pobre—. Yo nunca leí un libro en mi vida. Bueno, miento, empecé alguno, pero no conseguí terminarlo y aquí me tenés, fabrico y exporto material de polo y además tengo un club de padel en Palermo.

—¡Qué interesante! —exclamé irónicamente.

—¿Verdad que sí? —terció ella, intuyendo que su amado sospechaba que ambos habíamos sido más que amigos.

La verdad es que mi relación con Cristina no había sido un modelo a imitar. Sólo nos unió el sexo, dado que, por lo demás, teníamos tanto parecido el uno con el otro como el que existe entre un coco y un colectivo. Sin embargo, guardaba un recuerdo neutro de ella;

nos habíamos separado sin armar ruido, y cuando coincidíamos por el campus nos saludábamos con la mano o moviendo la cabeza. Por eso yo me sentía incómodo, porque nunca tuvimos nada que decirnos, y mucho menos después de tanto tiempo y con aquel fanfarrón compartiendo mesa.

En esa atmósfera enrarecida aguanté, con estoicismo, el relato de cómo se conocieron (en un acto de no recuerdo qué en el hotel Sheraton) y sus dorados planes de futuro en común, con casamiento a la vista y posterior luna de miel en Bali.

—¿Vos conocés Bali? —quiso saber el fanfa.

—Sí, estuve una vez allí, haciendo un reportaje para *National Geographic* —mentí.

Esto pareció impresionarlo, como si viera en mí una vocación cosmopolita sin complejos que ponía en evidencia la suya, limitada, artificiosa y tan poco espontánea como un desfile militar. A sus ojos, yo ya no era un escritor de tres al cuarto, sino que, de pronto, me había convertido en un tipo canchero, viajado y con mucho mundo. Entonces fue aún peor, porque quiso hacerse el simpático, interesándose por mi vida y obra y empeñándose en invitarme a otro whisky. «Traiga el mejor que tenga», ordenó al mozo.

Yo estaba poco predispuesto a hablar de mí mismo, así que me fui por las ramas y me puse a hablar de banalidades hasta que cesó de llover. Entonces saqué a relucir una inminente cita con el director de una revista.

—¡Qué macana que te tengas que ir! —se lamentó ella, con falsedad, mientras me daba un apresurado beso en la mejilla.

31

—Tomá, llamanos un día y nos vemos —dijo Micky, a la vez que tendía una tarjeta con sus pomposos nombres, dirección y teléfono grabados.

Cuando salí por la puerta encendí un cigarrillo, saqué su tarjeta de mi bolsillo y la tiré a la primera papelera.

Yo soy de café

Bernardo levantó suavemente la sábana y la observó con detenimiento. El pelo rubio desteñido, la pintura de los labios saliéndose de sus bordes y unos muslos que exhibían celulitis bastaban para no acordarse de lo que más le llamó la atención cuando la conoció, hacía escasamente ocho horas: la protuberancia de los pezones y su cara de viciosa.

Se preguntaba, asombrado, cómo podía seguir durmiendo; con la incómoda luz matutina entrando sin vergüenza por la ventana, los pajaritos trinando endemoniados y los jardineros de la urbanización recortando setos y podando ramas, sierra mecánica en mano, con más entusiasmo que el protagonista de *La Matanza de Texas*. Eran apenas las nueve y diez de la mañana de un sábado, y sólo faltaba que llamaran al timbre un par de Testigos de Jehová para hablarle de Dios y la salvación del mundo. Como no era una posibilidad del todo descartable, y tampoco que su ocasional pareja se despertara con la idea de ducharse juntos, Bernardo buscó sus calzoncillos y se encaminó a la cocina a preparar café y luego al baño para meterse bajo el agua antes de que sus temores se cumplieran.

Activado por la ducha caliente y la cafeína, volvió a su cuarto para ver las evoluciones oníricas de la marmota. Ésta continuaba roncando, emitiendo extraños sonidos y moviéndose con una leve agitación, igual que hacen los cachorros de perro. «Esto va para largo», se dijo, y decidió bajar a comprar el periódico.

Repasadas las necrológicas, la programación de las distintas cadenas televisivas, y resueltos los dos crucigramas, el fácil y el difícil, Bernardo permaneció un buen rato mirando a la hembra, que más que dormir parecía haberse muerto en su cama. Anoche la había imaginado más delgada y sonrió al pensar que tal vez se estaba convirtiendo en un hombre de gustos «más amplios». Pero llevaba tantos meses sin sexo que se decidió darle de comer a la nutria como fuera. Además, siempre podía justificarse diciendo que había poca luz o que el Jack Daniel's era de garrafón.

Finalmente, pasadas las diez y media, la feliz durmiente abrió los ojos.

—Me encanta que me miren mientras duermo, es tan romántico... —fueron sus primeras palabras.

Eso era más de lo que él podía resistir, así que le dedicó una falsa sonrisa y fue a buscarle un café, a ver si tenía el buen gusto de tomárselo rápido y largarse. Regresó enseguida, con una taza humeante y la esperanza de que entendiera que el romanticismo estaba sólo en su mente, y que no iban a compartir un desayuno con jugo de naranja y tostadas mientras se acariciaban las manos y miraban a los ojos.

—¿Café? Ahgggg, yo tomo té verde; es que es bueno para perder grasas y mantener la línea —dijo ella, mientras pasaba sus manos por las caderas con supuesta sensualidad.

—Aahhh, pues yo sólo tengo café.

—Entonces podríamos desayunar fuera, ¿no? ¿O vos querés que juguemos otro poquito? —propuso con picardía la musa de Botero.

La verdad es que él no quería jugar, pero llevaba tanto tiempo sin desahogarse que no tuvo espíritu para negarse. Un rato después, ya satisfechos y aseados, bajaron a la calle a desayunar en una de esas cafeterías modernas, con mucha formica e iluminada como un laboratorio, donde se suelen citar las minas con sus amigos gays para charlar de trapos, bolsos y de lo cabrones que son sus novios.

Apenas ocho meses más tarde, Bernardo y Claudia se casaron, y al año y medio tuvieron su primer hijo: Adriancito. Tal vez hoy en día los dos se quieran, e incluso coman perdices, pero Bernardo, de tarde en tarde, todavía se pregunta cómo habría cambiado la historia si, aquella mañana de sábado, hubiera tenido té verde en casa.

Aparecido

Era uno de esos grises y abúlicos domingos por la tarde, donde no queda otra que escuchar los partidos, citarse con alguien, o sucumbir al tedio. Para colmo, caía una fuerte tormenta sobre la ciudad, y un frío e incómodo viento, que silbaba amenazante buscando a quien golpear en la cara, convertía en un acto temerario andar por la calle.

Debían de ser las cinco y diez o cinco y cuarto cuando mi amigo Pablo Szwarc entró en el Café Lombardo acompañado de otro tipo.

—Perdoname, Guido, pero ya sabés cómo se pone el tráfico cuando llueve —se disculpó por el retraso—. Mirá, te presento a Carlo.

El acompañante era el actor de cine y televisión Carlo Romanelli. Un flaco cincuentón que iba vestido de punta en blanco, repeinado como si llevara peluca y con unos pequeños anteojos con montura de oro. Nos estrechamos las manos y me quedé mirándolo unos instantes. Era igual a como salía en las pantallas, con la única diferencia de que la cara le brillaba menos, seguramente por la ausencia de maquillaje. Hasta el traje azul que llevaba parecía el mismo que lucía en su papel de abogado en la serie *Abogacía letal*, donde interpretaba a un picapleitos que se ponía sus mejores pilchas para salir de noche a ajusticiar a delincuentes absueltos por negligencias judiciales.

Romanelli me dijo que tenía ganas de conocerme desde que se enteró de que era amigo de Pablo, y le pidió a éste que nos presentara. Yo no sabía qué decir, así que sonreí con fingida modestia y musité un «muy amable» que sonó poco convincente. A pesar de que a mí no me entusiasmaban sus dotes artísticas (esto no se lo dije), le comenté cuánto me había gustado su papel (esto sí era cierto) en una película de 1997 dirigida por Adrián Rovira titulada *Un hombre sutil para dos mujeres*; especie de tragicomedia que apenas tuvo éxito de público, pero sí de una crítica que destacó no sólo la calidad del guión, sino también las interpretaciones de Romanelli y una de las protagonistas femeninas, la lindísima y hoy casi olvidada Laura Terán.

Nos sentamos a una mesa más grande de la que yo ocupaba. Bebimos y charlamos de nuestras respectivas actividades, minas, fútbol, viajes, perros y vinos hasta que, pasado un buen rato, Carlo me preguntó, poniéndose serio, si quería saber de un extraño suceso que él había vivido quince años atrás, justo en el mismo local en el que nos encontrábamos. Le contesté que sí, y se quedó callado unos instantes. Supe, por cómo le cambió el semblante y por esa pausa dramática, que fuera lo que fuese lo que había ocurrido aquel día, le había calado hondo, algo que quedó confirmado por el tono dolido con que me lo narró y que ahora paso a compartir con ustedes:

Fue una tarde, pero no de domingo, sino de un día cualquiera de la semana, acaso un martes o miércoles. Él había quedado para cenar con su novia de entonces y, como llegaba con adelanto, entró a tomarse un café. Al no tener apuro, buscó sitio donde sentarse, y encontró libre una pequeña mesa pegada a la pared desde la que se veía la calle. Mientras le traían el café se puso a fumar y a dibujar cubos en una servilleta de papel, algo que acostumbraba a hacer desde que era un pibe. Enseguida se cansó de geometrías y empezó a beberse el café a pequeños sorbos, haciendo tiempo y dejándolo reposar para que se enfriara. Justo cuando estaba dándole el último trago, sus ojos se encontraron con los de un hombre que le miraba desde el otro lado de la ventana. Un hombre idéntico a su padre, vestido con el mismo estilo, que le dedicó una generosa sonrisa, igual a esa tan característica que él tenía y que le marcaba dos profundos hoyuelos en las mejillas. Carlo se quedó tan sobrecogido que, instintivamente, cerró los ojos, como un acto reflejo de negación ante lo ilógico de aquella visión. Era imposible que fuera su padre, porque éste había partido cinco días antes hacia Roma y no tenía que volver hasta tres semanas más tarde. El viejo era romano de nacimiento, pero no había regresado desde que Mussolini obligó a su familia a abandonar el país.

Aunque Carlo sólo mantuvo los ojos cerrados unos segundos, cuando los abrió, aquel tipo ya no estaba, lo que lo confundió aún más. Pensativo, dejó un billete sobre la mesa y salió a la calle a buscarlo. Miró a derecha y a izquierda, pero no lo volvió a ver. Encendió entonces un cigarrillo, exhaló una larga calada, más con intención de sosegarse que de disfrutar del tabaco, y echó a caminar hasta el restaurante donde estaba citado. Cenó con su novia y después fueron a dormir a casa de ella. Durante toda la noche apenas se acordó de lo sucedido en el Lombardo. Sin embargo, sentía una inquietud latente que no le dejaba descansar del todo. Tanto es así que, en cuanto llegó a su domicilio, por la mañana, lo primero que hizo fue acercarse al teléfono. Descubrió con aprensión el parpadeo de la lucecita naranja que le indicaba que tenía un mensaje nuevo y levantó el auricular con temor. Escuchó entonces la voz apesadumbrada y entrecortada de su hermano Daniel: «Hola, Carlo, soy Dani... papá murió en Roma... de un infarto... mientras paseaba cerca del Pórtico d'Ottavia, ayer, a eso de las ocho. Por favor, llamame lo antes posible».

Horas más tarde, mientras compartía vuelo de Alitalia con su hermano Daniel y su hermana Rita, Carlo no podía quitarse de la cabeza la reciente imagen de su padre sonriéndole a través del cristal. No sabía explicarlo, tampoco le importaba, pero una cosa le sigue pesando de aquel día: no haberle podido dar un último abrazo.

Al Destino le gusta insistir

Si la memoria no me trampea, diré que lo vi por primera vez allá por 1990 o 1991, en un restaurante italiano del centro, entre Corrientes y Pasteur, a mano derecha según se va desde el Obelisco. Lo que no consigo recordar es el nombre del local, aunque sí acierto a ver sus manteles a cuadros blancos y rojos, sus pintorescas botellas de chianti expuestas sobre estanterías de madera sobre las paredes blancas, y unos globos colgados del techo que expandían una luz limpia por toda la sala y que acentuaban el contraste lumínico con la insuficiencia de watios que reinaba en la calle.

Recuerdo que cenaba con mi amigo Leo, y no nos percatamos, hasta el segundo plato, de que en una de las mesas del fondo, en un rincón de la estancia casi pegado a los baños, Martín Smilansky comía acompañado de un adolescente de poco más de quince años, picado de acné, y con una pelusilla tipo piel de durazno que le sombreaba el labio superior. Ver a semejante personaje de la literatura argentina, sentado a una mesa a poco más de seis o siete metros de donde nosotros estábamos, me provocó un inmediato estado de excitación y nerviosismo.

No en vano, Smilansky era uno de mis tres escritores favoritos por aquel entonces y, en consecuencia, uno de los motivos por los que yo pretendía adentrarme en el mundo de las letras. Me había leído y releído todos y cada uno sus libros, desde su primera novela, *Un hombre aparente*, publicada cuando contaba apenas veinte años, hasta la última, *Monsergas y estilismos*, y siempre que leía algún suplemento literario, o las páginas culturales de cualquier diario, ansiaba toparme con la noticia de alguna nueva entrega suya.

—Mirá quién está allá atrás, al fondo —le dije a Leo.

—¿Adónde? —me inquirió, volviéndose.

—No mirés, no mirés.

—¿En qué quedamos, che?

—Bueno, mirá, pero con disimulo.

Para ambos, la sorpresa era tan grande que sólo hubiera sido mayor en caso de haberse tratado del mismísimo Borges. Durante lo que nos restaba de cena, lanzamos furtivas miradas a la otra mesa, sabiendo que nuestra timidez, educación y apocado carácter juvenil nos iba a impedir acercarnos allí para charlar con él. A lo más que llegamos fue a demorarnos con el postre para así verlo atravesar el salón y observarlo más de cerca, aunque no fuera más que de un modo fugaz.

Nuestro segundo encuentro tuvo lugar unos cinco años más tarde y en un escenario insospechado, ya que era la primera vez en mi vida que yo acudía al Café Virginia (bautizado así en honor de su primera propietaria, la célebre cantante de tangos de origen gallego Virginia Lou, allá por los años treinta). Era un caluroso mediodía de marzo y yo estaba tomándome un cinzano y hojeando un libro de cara al gran ventanal que daba a la calle Varela. No terminaba de concentrarme en la lectura, y el sol que atravesaba el cristal y me daba en la cara amenazaba con potenciar los efectos del vermú, y adormilarme del todo. En eso estaba cuando una voz, ronca y cercana, me sacó del sopor.

—¿Me daría usted fuego, joven?

Tardé unos segundos en reaccionar y, cuando me volví, no lo reconocí a primera vista. Su cara me sonaba, pero no lograba identificarlo. Estaba más demacrado y ojeroso que la otra vez que lo había visto, iba vestido de forma descuidada, y su aspecto en general denotaba cansancio o alguna enfermedad, acentuando aún más sus ya de por sí duras facciones. Mientras le encendía el cigarrillo con mi encendedor, sus ojos se detuvieron en la portada del libro: *Parajes inhóspitos*, de Gustavo Sermoneta.

—¿Le está gustando? —me preguntó tras dar la primera calada.

Recién en ese momento caí en la cuenta de su identidad. Tragué saliva y apenas atiné a balbucear un torpe:

—Lo escribió un amigo mío.

Smilansky asintió con la cabeza y me ofreció un amago de sonrisa, dejándome la duda de si me tomaba por un idiota o comprendía que le había reconocido y me sentía intimidado. A fin de cuentas, su talante mordaz era legendario y su nombre representaba un mundo que me fascinaba y del que yo quería formar parte.

—Una opera prima interesante, sumamente interesante... ¿vos también escribís, pibe? —se interesó, pasándose al tuteo.

—Lo intento, pero mi talento no da más que para cuentos, relatos de pocas páginas.

—Bueno, Borges nunca escribió novela, y mirá vos a lo que llegó.

Se ve que el tipo tenía ganas de charlar, porque me pidió permiso para sentarse a mi mesa, y me invitó a tomar lo que quisiera. Pedí otro vermú, y nos pasamos la siguiente hora haciendo un repaso de la literatura en general, y la argentina en particular. Cuando se despidió, me estrechó la mano con fuerza y accedió a firmarme un autógrafo en un pañuelo de hilo, de esos que mi madre me acostumbró a llevar en el bolsillo desde chico y que hoy todavía conservo.

A lo largo de 1995 y 1996, coincidimos unas cuantas veces en lugares tan dispares como el Parque Lezama, la pizzería Banchero de la calle Corrientes, a la salida de la cancha de Ferro en un partido contra San Lorenzo, y a la entrada de un concierto de Yehudi Menuhin en el teatro Colón. Siempre me trataba con afecto, e invariablemente iniciaba la conversación con un: «¿Cómo va la novela, Finzi?», para enseguida pasar a tratarme de vos y recordarme su promesa de escribirme el prólogo a cualquiera de mis libros cuando yo se lo pidiera. Nunca lo hice. Supongo que por un desmesurado respeto, por miedo a defraudarlo y porque, desgraciadamente, murió aquel mismo año a consecuencia de un cáncer. Desde entonces, todo lo que publico sale sin prólogo. «¿Por qué?», me pregunta el editor de turno. «Es una larga historia», contesto, y no me queda más remedio que volver a contarla.

Flor de mina

El lugar era deprimente. Apenas un bodegón por el que los años no habían pasado, sino que se le quedaron todos encima. El techo, otrora blanco, mostraba círculos marrones de humedad, las mesas rengueaban, las sillas estaban desparejadas y los azulejos definitivamente amarillentos. Por lo demás, contaba con una barra de estaño salpicada de abolladuras, un suelo de baldosas gastadas, y paredes recargadas de afiches variados, pósters de celebridades y banderines de equipos de fútbol. Un entorno decadente con cierto aire *kitsch*, que atraía a un elenco humano escaso y muy surtido: desde viejos que hablaban solos hasta algún pituco que buscaba el encanto de lo «auténtico», pasando por nosotros. Nos importaban un carajo las apariencias y acudíamos porque sabíamos que allí preparaban las mejores empanadas de la ciudad. El dueño era un petiso gallego, entrado en años y canas, al que todos llamaban Manolo. Me caía bien el tipo. Servicial y rápido, poco hablador y serio, no gastaba mucho en sonrisas. La mayoría de las veces, saludaba con un movimiento de cabeza o el alzamiento de una mano. Yo no precisaba de más. Al contrario, lo agradecía. Nunca me gustaron esos mozos que te atienden con una familiaridad tal que pareciera te conocen de toda la vida y fueran amigos de tu viejo. Aparte de las referidas empanadas (las de choclo son espectaculares), le agarré el gusto al vino tinto; común, fuertón, salteño y servido en unas pequeñas jarras de barro. Así que, un día sí y otro también, me dejaba caer por allí. Después de escribir desde la mañana temprano, necesitaba cenar algo y despejarme, desconectar de mis personajes. Al menos durante un rato, porque, más tarde, volvía a la carga, entregándome con fructífero ahínco al desarrollo de la novela que me traía entre manos.

Una noche como tantas, tomé asiento a una mesa con un platito de empanadas y mi vino. El local estaba semivacío, para no variar, y afuera llovía a mares. Yo pensaba en nada y mis ojos se fijaban distraídamente en las luces de los autos brillando en la oscuridad. Me sentía relajado, concentrado en disfrutar de una modesta cena y nada más. Y en eso andaba, cuando una mina, salida de no sé dónde, se plantó a mi lado e interrumpió la tarea:

—¿Cómo andás, flaco? —me preguntó a bocajarro.

La reconocí de inmediato, aunque la miré con atención unos instantes antes de contestar. Paola Lavalle era una de las mujeres más hermosas que yo había visto en mi vida y coincidimos en la facultad durante varios cursos. Nunca mantuvimos mucho trato. Apenas el obligado saludo y alguna conversación, casi siempre compartida con amigos comunes. Aun así, como todos, yo no dejaba de admirar con deseo su generosa fisonomía. Su cuerpo era espléndido y su rostro evidenciaba una belleza difícil de igualar.

—Seguís linda —respondí con admiración, comprobando cómo el tiempo no sólo no le había restado atractivo, sino que había asentado sus rasgos conformando una espléndida madurez.

Sonrió complacida a mi cumplido y tomó asiento. Vestía con elegancia, y sacó un paquete de Benson & Hedges de su bolso de marca. Encendió un cigarrillo, me ofreció otro, y recorrió con la mirada el local.

—¿Qué hacés en un sitio como éste? ¡Apesta a frito y humedad!

—Vivo a la vuelta y, cuando me canso de escribir, vengo a comerme unas empanadas y descansar un poco. ¿Y vos?

—Yo entré porque te vi al pasar; si no, ni drogada me meto acá.

Hice señas a Manolo y ordené vino blanco para ella y más tinto para mí. Antes de que nos lo trajera, Paola ya me estaba contando su vida. Los hombres siempre habían sido su especialidad y los utilizaba a su antojo, con un sentido práctico que me distanciaba sin remedio de ella. Su hermosura iba a la par con su ostensible falsedad, y el conjunto la convertía en una mujer muy peligrosa, y por eso, por miedo, yo nunca me le había acercado. En los tiempos de estudiantes, supe de algunos de sus novios oficiales, como el hijo del gobernador de la provincia, o el nieto del rector, y un sinfín de amantes circunstanciales. Ahora, me contó, estaba casada con el director, para toda Latinoamérica, de unos importantes laboratorios suizos, pero el suyo era un matrimonio moderno, libre, y su marido no era celoso. Lo dijo como quien confiesa una travesura, sonriendo provocativa y reteniendo mis ojos con los suyos. Yo no sabía qué decir, así que me limité a esbozar una tenue sonrisa.

—¿Sabés que vos siempre me gustaste? —me reveló, acercando su cara a la mía, modulando la voz a modo de susurro y echándome encima su aliento a menta—. Tan tímido, correcto... tenés un lado delicado, casi femenino ¿no te dijeron nunca? Claro que a mí, en aquel tiempo, me iban más otro tipo de hombres... más brutales.

—¡Mirá vos de qué cosas se va a enterar uno! —exclamé con fingido énfasis.

Paola volvió a sonreírme, insinuante, y comenzó a acariciar mi pierna mientras me acercaba su boca al oído:

—¿No te gustaría llevarme a un lugar más tranquilo? Vos y yo solos... por los viejos tiempos, para no quedarnos con las ganas —propuso.

Me volví hacia ella y le sonreí, del mismo modo, antes de ponerme de pie y, agachando la cabeza, replicarle:

—¿Sabés lo que pasa, flaca?, que las putas nunca me gustaron. Ni las que cobran al contado, ni las que son como vos. Pero no te preocupés, que tipos para cogerte hay de sobra. Ah, y pagá esto, que seguro que tenés más guita que yo.

Ella reaccionó tarde, con un marcado parpadeo que reflejaba su sorpresa y un «hijo de puta» cuando yo ya salía por la puerta. No me volví, me subí el cuello del saco y bajé hacia Corrientes, consciente de ser el primer hombre que le había dicho que no a Paola Lavalle.

Cali-fornicación

Dicen que no hay mal que por bien no venga y debe ser verdad, porque, coincidiendo con mi divorcio, me acaecieron un par de sucesos memorables. De un lado, la culminación de una novela que venía atormentándome desde hacía tres años y, de otro, haber conocido a las gemelas Fonseca. El primero de ellos me ayudó a canalizar el dolor de la ruptura, sumiéndome en un intenso y terapéutico proceso creativo que alejó de mi mente cualquier idea de suicidio. De no haberme volcado, con obsesiva neurosis, en culminar la historia empezada, quizás ahora no me encontrara en el mundo de los vivos ni, obviamente, hubiera sido agraciado con un importante premio literario de dimensión continental. La publicación de *Ángeles de alquitrán* fue acogida de manera entusiasta por lectores y crítica especializada, lo que, unido al galardón, me abocó hacia agotadoras jornadas de promoción. Sin embargo, lejos de considerar esto último como un inconveniente, lo asumí como una bendición. No pensar y estar activo suponía el colofón al proceso catárquico que cabalgaba a lomos de la novela, y me proporcionaba el mejor modo de borrar cualquier resto de dolor por el abandono de mi mujer.

El segundo de los sucesos fue derivación de este primero; en el marco de mis responsabilidades promocionales, mi editorial me llevó de gira por varios países de Sudamérica y fue en Cali, Colombia, donde el venturoso azar quiso que me topara con aquel singular par de bellezas. Yo llevaba pocas horas en la ciudad y, tras un breve descanso, había bajado a la pileta del hotel Aristi para darme un chapuzón antes de comer. Normalmente, no hago estas cosas, porque mi naturaleza de misántropo moderado y alérgico al cloro me aleja de las aguas estancadas y públicas, pero, en esa ocasión, hice una excepción. Quizás me motivó que apenas hubiera nadie en las instalaciones, o quizás todo se debiera a una sumisión inconsciente a mi destino. No sé, el caso es que allí estaba yo, nadando y luego acostándome en una tumbona a tomar una caipiriña, con las Rayban puestas y la vista levantada hacia lo alto. De vez en cuando la bajaba y observaba el entorno, lanzando indiferentes miradas a los mortales allí congregados. No veía nada interesante hasta que las vi a ellas, salidas de no sé dónde sin aviso previo. Eran un par de mujeres idénticas y portadoras de cuerpos imponentes: duros y bronceados, cargados de curvas, y complementados por rostros de rasgos delicados, en los que resaltaban unos ojos verdes con cierto aire oriental. Parecían dos modelos, pero de no de pasarela, sino de las del *Penthouse*, de esas que tienen lo que hay que tener en cada sitio. Lógicamente, ante aquellos reclamos de la belleza, y aún cuando mi libido estuviera en *off*, yo no podía dejar de observarlas, sobre todo porque me sentía amparado tras mis lentes oscuras y el disimulo. Pero se ve que no debí de hacerlo muy bien, porque, de tanto en tanto, me sonreían para, acto seguido, cuchichear algo entre ellas y echarse a reír. Como es de suponer, yo no estaba para conquistas tras mi reciente divorcio, con lo que evité decirles cualquier cosa y me retiré a mi cuarto poco antes de la hora de comer; tenía que tomar una ducha, cambiarme y salir a buscar un restaurante. A pesar de todo, al marcharme, pasé a propósito junto a ellas y les hice un «chau» con la mano.

Un buen rato más tarde, cuando ya abandonaba mi cuarto, volví a encontrármelas. Resultó que ocupaban justo la habitación contigua a la mía y, mientras yo cerraba mi puerta, ellas se aprestaban a abrir la suya.

—Hola —saludaron con simpatía.

—Hola —respondí, comprobando que eran tan idénticas que únicamente se diferenciaban en el color del bikini; blanco el de una, verde pistacho el de la otra.

—¿Sabés dónde se puede comer dignamente en esta ciudad? —me preguntó una de ellas, con marcado acento rioplatense.

—Pues no... es la primera vez que estoy en Cali —balbuceé, nervioso ante tanta exuberancia.

—Si esperás a que nos cambiemos, te invitamos a comer, ¿querés? —propuso una, y la otra añadió—: Dale, esperanos.

Sin darme tiempo a contestar, o dando por positiva mi respuesta, abrieron la puerta y me invitaron a pasar.

—Claro —respondí por fin.

Mientras se duchaban y cambiaban, paseándose delante de mí en ropa interior sin pudor ni inhibiciones, yo las esperaba apoyado contra el marco de la ventana, mirando a la calle por no mirarlas a ellas. Entre idas y venidas se turnaban para hablar conmigo, y así fue como me enteré de que se llamaban Paula y Nadia, que eran montevideanas, dentistas, y se encontraban en la ciudad para asistir a un congreso. Pero lo que más me sorprendió es que no sólo habían leído mis libros, sino que incluso habían acudido a la presentación de mi última novela en la capital uruguaya, apenas nueve días antes. También me llamó la atención lo rápidas que eran en arreglarse, lo cual no suele ser habitual en el resto de sus congéneres. Se lo agradecí y, poco después, salíamos los tres del hotel. Como estábamos en pleno centro, no tuvimos que andar mucho para encontrar restaurantes. De inmediato nos decantamos por un elegante local mexicano. Comimos bien, y en abundancia, bebimos con moderación, y charlamos un buen rato antes de retornar al hotel. Aquella misma tarde, ellas debían acudir a una ponencia, y yo tenía que decir unas palabras sobre mi novela antes de proceder a la habitual firma de autógrafos, por lo que acortamos la sobremesa.

Camino del Aristi, nos topamos con un encantador restaurante italiano y convinimos en acudir a él por la noche, como así hicimos. Esta vez invertimos la rutina del mediodía, cenando menos y bebiendo más, con lo que ganamos en locuacidad y desenvoltura, en particular yo, que luchaba contra la cohibición de estar con dos mujeres (¡y qué dos mujeres!). La cosa se embaló de tal manera que, cuando me quise dar cuenta, estábamos tomando unos whiskys en el cuarto de ellas, medio desnudos y sentados en el suelo. Lo siguiente fue acostarnos los tres en una de las dos camas. Menos mal que, previendo lo que acontecería, un rato antes me había metido en el baño y tomado una de las pastillas de Viagra que mi amigo Héctor, el urólogo, me había regalado meses atrás («por si con esto del divorcio no se te levanta», comentó al dármelas).

Hasta que llegó el momento de despedirnos, tres días después, pasamos las noches juntos y también alguna siesta. Siempre en su cuarto, uniendo las camas y yo invariablemente apoyándome secretamente en la química, no fuera que mis cuarenta y monedas no soportaran tanto vaivén amatorio. Por lo que parece, no debieron de quedar descontentas, porque, además de acompañarme al aeropuerto e intercambiarnos teléfonos, me ofrecieron hospedarme en su casa la próxima vez que fuera a Montevideo. Asimismo, intercambiamos las direcciones del mail, con la salvedad de que, dado que prometieron mandarme en breve unas fotos suyas «para que no las olvidara» (o sea, eróticas), yo tuve la brillante idea de anotarles la de mi ex mujer: leilasebbag@gmail.com.

A las dos semanas, y ya de vuelta en Buenos Aires, encontré un mensaje de Leila al abrir mi correo (un reenvío). Precediendo a unas fotos de las gemelas Fonseca desnudas, me había escrito, en negrita, mayúsculas y entre signos de exclamación, una única palabra rebosante de significado: «¡INMADURO!». Me eché a reír al leerlo, con la malsana satisfacción del nene que hace una travesura. Seguidamente, imprimí las imágenes, las recorté, y las guardé en la billetera, donde tropecé con una muestra de Viagra superviviente de mi estancia en Cali. El ver aquella pastillita azul me puso pensativo e hizo añorar mis recientes gestas sexuales.

Me pregunté entonces qué estarían haciendo las gemelas en esos mismos instantes y, dejándome llevar por la excitación de evocar recuerdos tan placenteros, me lancé a buscar horarios de los ferries que salían a diario para Montevideo. Descubrí que zarpaba uno en un par de horas; el tiempo justo para hacer la valija y pasarme donde Héctor, porque quizás el amor sea el mejor afrodisíaco que exista, pero, a falta de éste, buenas son las pastillas azules y, si no es en estos casos, ya me dirán ustedes ¡para qué miércoles necesito yo un amigo urólogo!

Apenas una carta

En cuanto Mario tomó aquel sobre azul en sus manos, se fijó en varios detalles que le provocaron intriga y una creciente premura por abrirlo: la ausencia de estampillas, de remitente, y ver su nombre escrito en mayúsculas, con un trazo inseguro y de autoría inequívocamente femenina (la redondez de las letras así lo atestiguaba). Sin embargo, controló el impulso inmediato y lo guardó en el bolsillo de su saco antes de dirigirse al ascensor. Durante la subida, se entretuvo imaginando una ambientación adecuada para la lectura ansiada, que presentía tan interesante como el misterio que prometía el anonimato. Determinó que lo más idóneo sería poner algo de música, quizás Brahms, servirse un excelente oporto vintage y tomar asiento cómodamente en el mullido sofá del *living*. Sólo entonces estaría en condiciones de encarar la apertura de aquel sobre, rasgándolo con un abrecartas por un lateral y teniendo cuidado de no dañar el interior.

Cuando por fin cumplió con todos los requisitos previstos, extrajo una cuartilla, de color rosa y aromatizada con perfume de vainilla, y leyó:

Estimado Mario:

Tal vez no me recuerdes, puesto que nos vimos en pocas ocasiones, pero aun así guardo la esperanza de lo contrario, porque, en todas esas oportunidades, me pareció advertir en tu mirada una notoria curiosidad hacia mi persona. Yo soy Gabriela, amiga de tu ex novia Silvina, y te ruego no me tomés ni por una loca ni por una desubicada.

A mi edad, no puedo permitirme demoras absurdas por culpa de obsoletos convencionalismos. Tengo prisa, apuro por ser feliz, por aprovechar las coyunturas que la vida me presenta y no voy a dejar que un orgullo desmesurado o una lealtad mal entendida me impida manifestar mis sentimientos: Me gustás, Mario. Me gustás mucho. Desde el primer día que te vi e incluso de antes, cuando mi amiga me contaba cosas de vos y me refería lo especial que eras y lo feliz que la hacías. Ahora que ya no estáis juntos, decidí jugármela por vos porque, de no ser así, me arrepentiría siempre. Intuyo que a tu lado puedo volver a enamorarme y sentirme como una mujer plena, recuperando esa sensación de efervescencia existencial que perdí hace tanto tiempo. No quiero presionarte y únicamente te pido me des una oportunidad, que nos conozcamos, sin prejuicios, sin complejos ni reticencias. Solos vos y yo, con un mantel de por medio y enfrentados el uno al otro. ¿Qué me decís? ¿aceptás la proposición? Dale, no eludás el reto y arriesgate. A lo mejor, ni tenés que arrepentirte.

Un beso. Gabriela

Pd: te adjunto mi mail: gabiheller@gmail.com

Mario terminó de leer la carta y volvió a hacerlo nuevamente, intentando rastrear, en ese proceder tan inhabitual en cualquier fémina, alguna clave que le indicara el camino a seguir. Por un lado, admiraba la extravagante valentía de la mina, de quien se acordaba muy bien (no pasaba desapercibida), y por otro, recelaba e imaginaba que todo obedecía a una confabulación entre ella y Silvina, como si la primera quisiera demostrar a la segunda lo acertado de sus advertencias sobre él en particular y todos los hombres en general, convirtiéndolos así en víctimas de su traumático divorcio y malogradas relaciones posteriores. Finalmente, desistiendo de estériles especulaciones psicológicas, dobló el papel, lo guardó en un bolsillo y se echó a dormir, sonriente y con la satisfacción de estar viviendo algo que por lo normal, jamás sucede.

Liliana

Había engordado de cintura para abajo, y su piel se había ajado un tanto, desplegando una amplia red de finas arrugas cada vez que sonreía. Sin embargo, a pesar de todo, una belleza de esencia se imponía a las huellas del paso del tiempo, confiriéndole el sano atractivo de mujer madura que ha sabido envejecer, al desprecio de frivolidades y aceptándose tal como era.

Esa tarde, tomamos café y hablamos de generalidades, gambeteando hábilmente al porqué de nuestra separación y evitando la estéril especulación de lo que pudo haber sido y no fue. Charlamos cordialmente, y nos sonreíamos a cada instante, pero sin coincidir las miradas. Preferíamos, a modo preventivo, fijarnos el uno en el otro de un modo intermitente, con miedo a que nuestros ojos encontrados y el silencio fueran tan elocuentes que las palabras carecieran de significado. A pesar de que habían transcurrido diez años de lo nuestro, aún eran muchas las mañanas en que ella era el primer pensamiento que acudía a mi cabeza al levantarme.

Me contó algunos pormenores de su exitosa carrera periodística, que yo seguía muy de pasada porque, ante la dolorosa perspectiva de desayunar cada día leyendo sus artículos, optaba por cualquier otra menos evocadora. En lo referente a su vida emocional, omitió hacer cualquier mención. Yo no insistí; no quería saber que su cuerpo era disfrutado por otro, tal vez más alto, más guapo, más encantador y con más plata que yo. Por mi parte, le hablé de mi anodina existencia, ficcionando generosamente una realidad en la que el destino había hecho estragos desde que nos separamos.

Al despedirse, y tras darme un beso más cálido de lo normal (así me lo pareció) en la mejilla, se volvió antes de salir por la puerta, y me dijo:

—Si te sirve de algo, siempre me arrepentí de dejarte.

Se me antojó que lo decía en serio, pero, incapaz de contestar algo, y mucho menos de salir corriendo tras ella, me quedé parado como un boludo, sin hacer otra cosa que guardar silencio y dejarla marchar. Desde entonces, aquella frase es mi único consuelo.

Sólo se quiere una vez. O no

Hoy sé que tenía que haber hecho caso a los restos de mi sentido común y no haber salido de casa aquella mañana. Pero deseaba verla, como si me empujara una fuerza a la que mi voluntad no podía ofrecer resistencia. Quizás todo fuera porque simplemente no quería perderla para siempre, sin remedio, o porque tras nuestra separación luchaba sin éxito para no pensar en ella, o porque simplemente me gustaba engañarme pensando que algún acontecimiento del destino nos uniría de nuevo a su antojo. Hoy lo sé, pero, aquel sábado, todavía estaba dispuesto a continuar engañándome. Aún quería creer que Silvia volvería conmigo, a socorrerme, a rescatarme de las ruinas de mi vida fallida, de mis enquistadas nostalgias por un amor extinguido y de los deseos abandonados convertidos en pesadillas.

Ese funesto día, que dividió mi vida en dos de manera irremediable, desperté feliz como un idiota, imbuido de una energía que no sabía de dónde brotaba (acaso de algún mecanismo de defensa contra el nerviosismo que fermentaba en mi interior). Me duché parsimoniosa-mente, me vestí y acicalé con esmero delante del espejo, sin desprenderme de un optimismo que crecía a medida que se aceleraba la cuenta atrás.

Sabía que, como cada sábado por la mañana, ella acudiría a la facultad, donde seguía un curso de postgrado cuya finalidad nunca acabé de entender. Como no terminaba sus clases hasta las dos, decidí ir dando un largo paseo, sin prisas e inventando todo tipo de diálogos durante el camino. Era mi modo de ir mitigando la amenazante angustia. Cuando llegué, miré mi reloj y comprobé que aún restaba una hora para que saliera, así que opté por esperarla en un café del otro lado de la avenida, desde cuyas mesas pegadas a la ventana tendría buena vista del objetivo: un edificio de principios de siglo necesitado de reformas. Aguardé impaciente, mirando la hora a cada rato y sintiendo cómo la ansiedad subía por mis temblorosas piernas para terminar atenazándome el estómago en un molesto hormigueo.

Serían las dos y cinco cuando por fin la vi salir. Llevaba el pelo recogido en una coleta y vestía unos gastados *jeans* con una camiseta blanca sin mangas. Estaba igual de linda que siempre y su mera visión me provocó una inmediata sensación de vértigo y entusiasmo. Silvia había sido lo mejor que me sucedió en la vida, y no me di cuenta de ello hasta que la eché de mi lado. Sólo cuando no la tuve, cuando padecí su ausencia, me di cuenta de lo mucho que la quería y necesitaba. Ahora, culpable por la injusticia cometida, pero optimista por haber vencido a mis miedos, venía desesperado a su encuentro, con el vivo ánimo de recuperarla y no soltarla. Tan excitado me encontraba ante la nueva perspectiva, que pagué mi consumición con un billete grande y salí disparado del local sin esperar el vuelto. Corrí como un loco hasta el semáforo de la esquina. No tenía tiempo que perder, y me moría por declararle cuánto la quería, estrecharla en mis brazos y besarla en los labios.

Ahí, en la fatídica confluencia de Corrientes y Talcahuano, aguardando a que el rojo cambiara al verde, vi lo que nunca hubiera querido ver, la más indeseable de las realidades que podía imaginar: vi a Silvia abrazada a otro hombre. Los observé unos instantes, paralizado como una estatua, mientras ellos se tomaban de la mano y bajaban rumbo al Obelisco, tonteando, riéndose, indiferentes de cualquiera que no fueran ellos mismos y deteniéndose cada pocos metros para besarse en mitad de la calle. Derrotado, opté por lo más digno que podía hacer en semejante situación; tomar la dirección contraria a la suya. Desaparecí hacia el Once, sumergiéndome en la nada, en un estado sin pensamientos, pero con el atisbo de consciencia suficiente para saber que debía escapar de Buenos Aires, encontrar otro lugar donde se completara mi final. Por eso tenía que huir, alejarme, en aras de una felicidad futura: la suya, porque, para mí, ya no quedaba la mínima esperanza.

Tres días más tarde, aterrizaba en Barajas.

Subversión

En la mañana del 16 de febrero de 1986, bajo la penumbra de su despacho (la luz estaba sin encender y el cielo nublado lo ensombrecía todo), el coronel Juan Martín D'Oyarbide, perteneciente a una notoria familia patricia de arraigada tradición militar, ponía fin a sus días con un certero disparo en la sien. Tras la detonación, su cuerpo cayó inerte sobre el escritorio, con la pistola reglamentaria pegada a la mano y una creciente mancha de sangre que amenazaba con emborronar la escueta nota de despedida. Pocos instantes después, la cercana guardia, alarmada por el ruido, forzaba la puerta, y uno de los soldados, tras contemplar el cadáver, terminaría vomitando sobre la fina moqueta azul que cubría el suelo. «Sea un hombre, carajo», le recriminaría el oficial al mando.

La investigación oficial que siguió al luctuoso suceso, determinó «paro cardíaco» como causa del óbito y, saltándose las normas vigentes, se pasó por alto la realización de una autopsia. De la nota nada se supo, por lo que nadie sospechó que aquellas últimas palabras, garabateadas por quien fuera uno de los mayores represores de la reciente historia argentina, permanecieron todos estos años en poder del teniente que descubrió el cuerpo.

—Entonces, ¿qué? ¿Le interesa, o me voy con la música a otra parte? —inquirió agresivo el tipo con quien mi amigo Silvio, el periodista, se había citado hace apenas unos días.

El individuo tenía el pelo corto y grasiento pegado al cráneo, como si creciera en horizontal y no para arriba, una nariz que parecía un tubérculo poroso y unas orejas coloradas como recién quemadas con una plancha. Por lo demás, poco que destacar, salvo el efluvio a sudor y colonia barata que lo acompañaba a modo de aura y que obligaba a respirar por la boca a cualquiera que se le acercara.

—¿Por qué se llevó la nota? —quiso saber Silvio.

—¿Por qué? ¿Que por qué? ¿Me estás cargando o no entendés lo que pone? Leéla bien, pibe —gritó, poniéndosela delante de los ojos—; el tipo era puto... ¡era puto! Se mató por otro trolo, ¿y vos me venís ahora preguntando que por qué me la llevé? —respondió, indignado, reduciendo el volumen de voz para no llamar más la atención y decantándose definitivamente por el tuteo.

Tras una breve pausa, el tipo agregó:

—Nunca entendí por qué carajo tuvo que escribir esa porquería, pero yo no iba a permitir que los zurdos hijos de puta echaran basura sobre el ejército argentino y tampoco sobre una buena familia, tradicional y católica, que tanto había hecho por la patria.

—Entiendo

—¡Qué vas a entender vos! El coronel era un héroe, uno de los abnegados patriotas que lucharon contra el comunismo, evitando que el país cayera en manos de subversivos, ateos y judíos. Lástima que no nos dejaran terminar el trabajo... Y así le fue a la Argentina, porque ahora mirá lo que tenemos: chorros por todos lados, más negros que donde los hacen, los coreanos en el Once y los *moishes* copando todos los altos cargos. La gente se pensó que la democracia la iba a salvar, pero mirá... muchos derechos humanos, pero todos los días asaltan casas o te roban el auto a punta de pistola... Acá hace falta mano dura, pero no te preocupés, que nosotros sabemos esperar y vas a ver cómo van a suplicar que volvamos los milicos... dejá que haya otro corralito y les toquen el bolsillo... vos dejá.

—Está bien, está bien, ¿cuánto quiere? —preguntó con impaciencia Silvio, ansioso por terminar el trato y poco dispuesto a seguir soportando la cháchara fachista.

—Es que estoy pasando por una mala racha, ¿viste?; estos zurdos hijos de puta me obligaron a jubilarme antes de tiempo y la guita no me llega para nada, así que no me queda otra que zafar como puedo... —dijo, bajando la vista y cambiando el tono.

Tras ultimar el acuerdo y rehusar la mano que el ex milico le tendía, mi amigo quiso saber una última cosa:

—Van a averiguar que fue usted, ¿no tiene miedo a represalias?

—¡Qué más da! —contestó, encogiéndose de hombros—. Además, ahora no estaría bien visto que me hicieran nada. Vivimos en democracia, flaco, ¿o todavía no te enteraste? —concluyó con una carcajada.

Tanguero

—Sí —dijo el viejo—, yo tuve la suerte de conocer a Jorge Rosenthal, o Jorge Ros, como era conocido por el gran público, y también fui uno de los últimos privilegiados en oírle cantar.

»Debió de ser más o menos principiando los setenta, no me acuerdo con exactitud del año. A mí edad los números bailan, ¿sabe?, así que pongámosle que fue en el 71 o el 72. Como mucho, en el 73. Fíjese si hace tiempo, que yo por entonces hasta era joven, o casi. Bueno, dejémonos de nostalgias, el caso es que en aquellas fechas era un asiduo del Café Siena, ¿lo ubica? ¿Noo? ¡Pero qué va a ubicar si desapareció hace años! Estaba en la esquina de Díaz Vélez y Acoyte, a poco más de cuatro cuadras de acá, y sin dejar este lado de la calle. Bah, tampoco se crea que se pierde gran cosa... era un boliche de tantos; con feas mesas de fierro, una larga barra de zinc y unos mozos gallegos que se movían rápido y no ahorraban en buenos modales. Tenían muy buena onda los petisos, todo lo contrario del dueño, un calabrés mal encarado, que no te regalaba un «buenas noches» ni que corrieras detrás de él con un cuchillo para caparlo.

»Bueno, cómo le venía diciendo... yo iba para allá casi todas las noches, en cuanto terminaba de cenar y lavar los platos. Me sentaba a una mesa, pedía un cafecito, una copa de grappa, y sacaba mi libreta y una lapicera a ver si así se me acercaban las musas para susurrarme alguna historia. No venían ni en pedo, claro, pero yo todavía era un iluso. Había publicado un par de cuentitos en una revista literaria y pensaba que iba a convertirme en uno de los nombres consagrados del género. Me mató la vanidad, ¿vio? Como a tantos... menos mal que tenía un laburo seguro en un banco, porque jamás publiqué libro alguno; y aparte de esa mínima aportación al arte de la escritura, me tuve que contentar con leer lo que escribían otros. Pero a lo que iba, que me estoy yendo por las ramas, como los monos, ¿vio?

»Una noche, recuerdo que era invierno, el local estaría ocupado por unas siete u ocho personas, sin contar a los mozos. Yo estaba aburrido como una ostra, poniendo más atención a la música de Leonardo Favio que sonaba de fondo que al libro que tenía entre manos. Nada menos que *Los ídolos*, de Manuel Mujica Láinez. Desde ya, si no lo leyó, se lo recomiendo; no se va a arrepentir, hágame caso. Retomando... yo estaba a punto de quedarme dormido en la mesa cuando veo a un tipo grandote entrar por la puerta.

»Tenía que haberlo visto, ¡qué pituco el flaco!: alto, atlético, de impecable traje negro con rayitas grises, corbata roja y un pelo a la gomina tan retintado como el fino bigote que llevaba. Todos los clientes nos quedamos mirándolo como hipnotizados. Yo, porque veía en él a un personaje en potencia. Ellos, porque lo reconocieron de inmediato. A mí, de joven, el tango ni me iba ni me venía. Lo consideraba de viejos, así que apenas me sonaba su nombre cuando me lo dijo uno de los gallegos. ¡Tenía que haber visto cómo caminaba el tanguero! ¡Parecía un mariscal pasando revista a las tropas después de ganar una batalla! ¡Que lo parió, qué elegante era! También es cierto que sospeché que parte de su andar de aquel día era para controlar la curda que traía, jajaja. Venía medio mamado, y se terminó de mamar del todo en el Siena. Me acuerdo que pidió una botella de vino blanco y la fue bajando de a poco, sin apuro y sin pausa, pegándole parejito. Según supe más tarde, aquella noche lo había dejado la que fuera gran amor de su vida, una actriz de medio pelo y muchas pretensiones de la que hoy nadie se acordaría sino fuera por él. Rosita Marshall se llamaba la turra. En fin... el caso es que se le acercan los dos mozos a pedirle un autógrafo y va el tipo, y de repente, les suelta, en voz alta, para que todos pudiéramos oírle: "¿y qué les parece si echan el cierre y les canto unos tangos? Si a estos señores no les molesta, claro". Así, tal como se lo cuento.

»Ahí fue cuando me di cuenta de que estaba frente a uno de los grandes. Enseguida se puso a cantar, y le juro que se me erizó el vello de todo el cuerpo. A mí y a todos, claro... ¡Cómo cantaba el loco! Primero se largó con "Dejala pasar, varón", y luego siguió con "Palomita, ¿adónde vas?", "Nostalgia de Buenos Aires", "Viejo bandoneón" y "Alma sin manija", para terminar con "No seas otario".

»Fue una locura, la gente... bueno, los cuatro gatos que éramos... puesta de pie, aplaudiendo como si estuviéramos en el teatro Colón y abrazándolo tal que a un amigo al que no veíamos en mucho tiempo... El tipo lloraba, devolvía los abrazos y estaba tan agradecido como nosotros, pero yo creo que, en gran parte, era porque tenía el sistema emocional tocado por la ruptura, ¿vio?

»No le miento si le digo que es una de las anécdotas más recordadas de mi vida, si no la que más. La mayoría de la gente no tiene una vivencia así en toda su existencia, y a lo sumo, cuenta las de los demás como propias. Para impresionar y hacerse los cancheros, ¿vio? Se ve que con las minas da resultado... ¡Ay, Jorge Ros!; consiguió que me enamorara del tango de golpe... ¡Quién iba a decirle que aquella noche sería la última de su vida, y que la iba a compartir con unos desconocidos!... ¡Pobre! Salió de acá tan contento y animado... No sabe cuánto me afectó enterarme el otro día que un borracho lo atropelló, mortalmente, en Ángel Gallardo con Leopoldo Marechal. Se cree que estaba cruzando por dónde no debía, cuando el conductor se lo llevó por delante. Murió en el acto.»

—¿Y?, ¿le gustó el relato? ¿Sí? Bueno, entonces pídame un whisky, que yo voy al baño a darle tregua a mi próstata y le cuento otro. ¿Oyó hablar del Zurdo Villalta? ¿Noo? Pero ¿de dónde salen los jóvenes de hoy, que no recuerdan ni lo que no vivieron? Ande, vaya pidiendo, que enseguida vuelvo. Ya va a ver, ¡qué historia...! Ya va a ver...

Última vez

Había pasado mucho tiempo desde la última vez que la había visto, y me consoló, cuando volvimos a encontrarnos, comprobar que en ese intervalo no parecía haberse producido ninguna mejora en su aspecto, sino más bien lo contrario. Sus ojos se habían vuelto opacos y habían perdido inquietud, su boca parecía demasiado grande para su cara, encajada en un inmovilismo que hacía pensar en los efectos secundarios de una fallida cirugía estética, el pelo evidenciaba falta de aseo, y una red de arrugas de escasa profundidad se extendía por los contornos de sus acentuadas facciones, como si presagiaran un futuro agrietamiento. En conjunto, transmitía una sensación de abandono, vicios y mala vida, acentuada aún más por su extrema delgadez y descuido en el vestir. A pesar de todo, tenerla delante me provocó cierta morbosa atracción sexual, insana y decadente, que quizás tuviera más que ver con mis recuerdos pretéritos que con cualquier otra cosa.

—¿Cómo estás? —me preguntó al acercarse a mi mesa de El Ombú, donde yo intentaba escribir algo.

—Bien, bien. ¿Querés sentarte?

—Claro.

Llamé al mozo y pedí otra cerveza para mí y un escocés para ella.

—Te vi desde la calle y decidí entrar a saludarte... no todos los días se encuentra una con un escritor famoso... y mucho menos con uno que fue mi...

—¿Pareja?

—Sí, eso... pareja.

En ese momento, reapareció el mozo con las bebidas, interrumpiendo la conversación y derivándola hacia unos derroteros que escapaban de nuestro pasado en común. Me contó que era actriz, que andaba de novia, y que tenía una serie de proyectos para televisión y cine, pero prefería no revelarme nada para evitar que se le gafaran. No me creí nada, por supuesto, pero le seguí la corriente intentando imaginar en qué andaría metida y por qué carajo había tenido que ingresar, hacía ya una década, en aquella maldita secta que acabó con nuestra relación y marcó tan perniciosamente su vida. Durante la sarta de mentiras que fue soltando, se tomó otros dos whiskys y no cesó de mirar la puerta con ansiedad, como si estuviera esperando a alguien.

—Esto... ¿me podrías dejar algo de plata? —se decidió por fin—. Es que el cajero se quedó mi tarjeta y como hasta mañana no abren los bancos...

Sabía que era una milonga, pero no quise hacerle más difícil el trámite, así que eché mano a mi bolsillo y le di un par de billetes grandes:

—Tomá, el resto me lo quedo para pagar las consumiciones.

—Mil gracias, dame tu teléfono y te llamo para devolvértela enseguida.

Se lo di, con las últimas cifras cambiadas, y la vi desaparecer hacia la calle, donde le esperaba un tipo semienano, vestido de negro y con un peinado que le asemejaba a un híbrido entre Tim Burton y el Pájaro Loco.

Dos semanas más tarde, repasando las necrológicas del *Clarín*, me topé con la de ella. Faltaban apenas ocho días para que cumpliera los treinta y nueve, y no figuraba la causa del fallecimiento. La familia rogaba una oración por su alma.

Un encuentro cualquiera

La primera vez que lo vi no lo reconocí, aunque tuve la sensación de que no me resultaba del todo desconocido. Sentado en un banco del Parque Centenario, el tipo se servía vino en una copa de fino cristal verde, con la mirada extraviada, dando la impresión de estar un poco aburrido. Su semblante era el de un dandy, el de un burgués bohemio que llevaba una existencia desocupada y solitaria, al margen de los apuros que impone la vida moderna y ajeno a las miradas curiosas o reprobatorias. Vestía traje negro y una camisa blanca sin corbata, calzaba unos zapatos de inconfundible diseño italiano y no aparentaba más de sesenta y pocos (más tarde me enteraría de que pasaba con holgura los setenta), favorecido por un bronceado playero que contrastaba con sus cabellos canosos muy cortos y una barba desarreglada del mismo color. Con miedo a pasar por maleducado, desvié mi mirada de él y continué mi paseo, impresionado por una imagen que se me antojaba muy literaria o cinematográfica, y reafirmando la sospecha de conocerlo de algo. «En cuanto llegue a casa, me pongo a investigar», me dije a mí mismo.

Al día siguiente, olvidado el propósito de búsqueda, volví a encontrarlo en el mismo banco y en idéntica actitud, con la variante de que entonces lucía pantalón de lino beis con remera negra y que la botella de vino era de otra marca. Nada más regresar a mi departamento, me puse a buscar ansioso en las solapas de los libros, presintiendo que podría ser algún escritor. Mi pálpito resultó acertado y, después de un breve registro, reconocí, con moderado asombro, sus actuales facciones en la acartonada foto de un hombre joven de cara aniñada y sonrisa tímida, en una primera edición de *Amor voluble*. Junto a este ejemplar, se encontraban apilados otros títulos del mismo autor, como *Historias de rufianes rioplatenses*, *Sudestada*, *Amores súbitos*, *Eras vos*, *Tiempo de prejuicios* y *El testigo escondido*. Los extendí sobre la mesa del *living* y observé con atención las distintas fotos del autor, que correspondían a los años 1954, 1959, 1962, 1967, 1974, 1980 y 1992. En esta última no quedaba mucho de aquel muchacho, aunque seguía persistiendo un aire reconocible en la mirada, y los rasgos angulosos comenzaban a adivinarse.

Al tercer día, acudí nuevamente al parque con el libro *Amor voluble* bajo el brazo. Decidido, aunque con dudas, tomé asiento en una esquina del banco donde él se encontraba con su botella y copa habituales. Simulando leer, me esmeraba en inclinar el libro de tal modo que él pudiera ver con claridad la portada. Al principio, parecía hacer caso omiso de mi presencia, hasta que, por fin, pude apreciar su mirada de soslayo y una sonrisa dibujándosele en los labios. Consciente de mis intenciones, aún me hizo aguardar unos minutos, encendiendo un cigarrillo y fumándolo con parsimonia antes de dirigirme la palabra:

—Cuando le parezca bien, se lo firmo, joven —me dijo con voz un tanto áspera.

—Discúlpeme, pero no sabía cómo abordarlo. No todos los días se encuentra uno a Rodolfo Sigal en un parque.

—Está bien, no se preocupe, dígame cómo se llama y le garabateo una breve dedicatoria —sentenció, tomando el libro entre sus manos y sacando una lapicera del saco, con una naturalidad extraña, dada su prolongada desaparición de la vida pública.

Cuando le confesé mi nombre, se me quedó mirando, con las cejas arqueadas y gesto interrogativo. Sin duda, tenía referencias mías y, en mi vanidad, quise incluso imaginar que había leído alguna de mis obras. Resultó ser así porque lo siguiente que me dijo fue:

—Me gustó su libro de cuentos *Miradas*.

—¿En serio? — inquirí con falso asombro.

—Sí, soy muy sensible a esas historias donde se evidencia que en el amor no existe el libre albedrío y uno no puede decidir de quién va a enamorarse...

—Gracias —balbuceé—; y dígame, don Rodolfo, ¿para cuándo una nueva novela?

—No, joven, mi época de escritor ya pasó. Me cansé de escribir y ya no tengo historias interesantes para compartir. Ahora disfruto como lector y únicamente me permito, de tanto en tanto, la travesura de escribir sesudos artículos de filosofía, política internacional o deportes, valiéndome de pseudónimos como Jaime Puig, Osvaldo Varela o Julio Schaffer. A fin de cuentas, como tengo la cuestión económica solucionada —él y su hermano heredaron las célebres Ferreterías Austral y varios miles de hectáreas en la Patagonia—, puedo dedicar mi tiempo al ocio indiscriminado, la serena contemplación de la cotidianidad, el ejercicio aleatorio de las excentricidades, y a mi gusto por el vino. En definitiva, soy un espíritu libre al servicio de mis impulsos...

Tras una parada teatral, Sigal añadió:

—O eso, o es que me quedé sin ingenio y sin nostalgias, y no se puede ser artista sin haber perdido algo. Soy viejo, pero no un viejo choto, así que reivindico lo gerundial, no lo pretérito.

Hizo entonces un silencio, y me ofreció un cigarrillo. Enseguida seguimos hablando, pero ya no de él, sino de otros escritores, mujeres y fútbol, hasta que la conversación se agotó y nos quedamos callados mirando el entorno. Finalmente, nos despedimos con un apretón de manos y una sugerencia de su parte:

—Por cierto, joven, el próximo día tráigase una copa porque la mía no la comparto. Manías de viejo, ¿sabe usted?

Una loca

No soy amigo de salir, pero el pasado sábado no me quedó otra que acudir a casa del polaco Furmansky. Mi amigo celebraba su cumpleaños y yo no supe eludir su encarecida insistencia: «Dale, vení, flaco, que va a haber minas... y, además, quiero consultarte un proyecto que tengo para televisión. Dale, vení».

Cuando llegué, con la fiesta iniciada, el salón principal estaba colonizado por gente con copas en la mano, arremolinándose en torno a una enorme mesa repleta de sándwiches de miga, pizza, canapés variados y bebidas de todas clases. Enseguida me sentí fuera de lugar; no sólo no conocía a nadie, sino que mi naturaleza, tendente a la misantropía, comenzaba a resentirse por compartir un espacio tan limitado con todas esas personas que parecían formar parte de algo de lo que yo estaba excluido. Mientras sopesaba si largarme o aguantar un poco más, el polaco se me acercó con un whisky en la mano:

—Tomá —dijo, extendiéndome el vaso.

—Gracias. Che, no me dio tiempo a comprarte nada —me excusé por haber llegado con las manos vacías.

—¡Dejate de joder! Andá, tomate la copa y levantate a alguna mina... ¿viste el material que hay?

—¿No querías hablarme de no sé qué de televisión? —desvié la conversación.

—Sí, sí, pero después, después. Ahora divertite un rato mientras yo cumplo con mi papel de anfitrión.

—No conozco a nadie.

—En el jardín están Ricardo, el Turco, su mujer y alguno más de los muchachos del secundario —me señaló con la mano.

Me dirigí al verde e hice un hueco en el corrillo que formaban los mencionados y un peladito rubión, que me sonaba de haber visto por Hebraica, pero del que no sabía su nombre. Estaban discutiendo de política, pero un poco al pedo, sin aportar ningún análisis interesante. Ni siquiera una idea original, así que yo solté tres o cuatro parrafadas que fueron aceptadas con entusiasmo. A fin de cuentas, yo era escritor, lo que hacía que los demás me concedieran cierta superioridad en el uso de la palabra. Supongo que también, por la misma razón, me habían colgado la etiqueta de tipo original, lo que permitía soltar cualquier pelotudez que se me cantara sin ser censurado por ello, sino más bien lo contrario, ser tratado con una benevolencia del todo inmerecida. Andábamos tan entretenidos con nuestro debate que no reparamos en aquella mina hasta que se plantó delante de mí, con los brazos apoyados en sus caderas y una actitud inequívocamente desafiante.

—¿No te acordás de mí? —me preguntó muy seria, provocando el inmediato interés de todos.

—Me suena tu cara... —Claro que me sonaba, era una loca con la que había cogido varias veces y a la que esperaba no volver a ver en la vida.

82

—¿Te suena mi cara? Mirá vos... te lo voy a recordar, querido: el mes pasado fuimos varias veces al Flamingo's —un telo cercano al Congreso— y me dijiste que yo era única, que en mí te veías reflejado, lo mucho que te excitaba mi cuerpo y...

—Ah, sí, sí, pero bueno, ya sabés... eso son cosas que se dicen un poco sin pensar, ¿viste?

—Decime por qué dijiste que me ibas a llamar y no me llamaste. Decime: ¿te pensaste que era una boludita a la que ibas a engañar fácilmente? —me gritó a escasos centímetros de mi cara.

—No, no, para nada... la verdad es que no sé por qué no te llamé...

—Decimelo, cobarde, tené huevos por una vez... decime por qué no me llamaste o voy a buscar el revólver que tengo en la cartera y te pego dos tiros.

Viendo que mis «argumentos» evasivos la estaban alterando aún más, cambié de táctica y adopté un tono íntimo, de falso sentimentalismo y ojos entornados:

—No te llamé porque me gustabas demasiado... sabía que, si lo hacía, me enamoraría de vos y... tenía miedo a volver a sufrir. Me aterraba la idea de conseguirte y perderte... de no ser digno de ti.

—¡¡Lo sabía, lo sabía!! —exclamó, jubilosa, para sorpresa de los presentes—; sabía que vos eras distinto. Esperá, esperá, que voy a buscar mi cartera y nos vamos a un sitio más tranquilo. Tenemos mucho de que hablar...

—Claro, claro —asentí yo, con la única intención de que se largara.

—Esperame que ahora vuelvo... ah, y no tengo ningún revólver —me confesó, risueña.

—Andá tranquila, andá.

Apenas desapareció de mi vista, me despedí con la mano de mis amigos y salí disparado a la calle, con los dedos cruzados y rezando en voz baja para no encontrármela por el camino. Ya afuera, con la puerta cerrada a mi espalda, corrí hasta la esquina y paré ansioso el primer taxi que pasaba:

—¿Adónde? —inquirió el tachero.

—A cualquier parte, pero arranque. Ya le voy a indicar.

Rencor

Las casualidades suelen ser tan putas como inoportunas y, por lo general, acuden a nosotros no a la sorda llamada de nuestros deseos, sino al caprichoso dictado del azar, Dios o el destino. Por eso a nadie le extrañarán, como no lo hicieron a mí mismo, los pormenores de la última que me tocó sufrir.

Fue el pasado jueves. Yo había salido a pasear por el barrio, aprovechando el frescor de la tarde otoñal y deleitándome con los presagios de lluvia de un cielo color panza de ratón, cuando sentí el impulso de entrar a tomarme una cerveza fría en el Café Piamonte. Quienes lo conozcan, saben que no es el local más elegante de la ciudad; con su colección de cristales casi opacos, un déficit endémico de iluminación y un mobiliario que sólo gracias a la testarudez de su buena materia prima sobrevive a los perniciosos efectos del tiempo. Además, y para completar el cuadro, los mozos te atienden cuando se les canta; la dueña, una tana de pelo teñido de rojizo y edad comprendida entre los sesenta y pico y los trescientos años, sólo te saluda si se equivoca; y la clientela está mayoritariamente compuesta por fósiles ilustrados rebosantes de pedantería. Pero, con todo, es un lugar que me agrada y del que disfruto mucho, sentándome a cualquier mesa periférica a leer el periódico y aspirar el habitual aroma de café y habano que impregna el ambiente.

Como venía contando, tenía ganas de beberme una cervecita, así que entré en el Piamonte y tomé asiento al fondo del salón, muy cerca de los baños, casi pegado al teléfono. Para mi sorpresa, me atendieron inmediatamente y al minuto ya estaba satisfaciendo la sed y leyendo con interés las necrológicas del *Clarín*. Tan absorto quedé en la lectura que cuando volví a levantar los ojos descubrí que afuera se había desatado la lluvia y el local casi se había llenado de gente buscando refugio. Hasta ahí todo normal. La conmoción de verdad me la llevé cuando divisé a Mónica Schiaffino acodada en la barra. en compañía de un tipo al que también conocía: un antiguo compañero de facultad llamado Marcelo Ledesma. No tenía nada contra él; y en cuanto a ella, seguro que aún se acordaba de cómo, cuando vivíamos juntos, yo me había acostado con su madre aprovechando una estancia de ésta en la capital. Su madre y yo nos gustamos nada más vernos y, sucumbiendo a un arrebato de lujuria, o más bien cierto impulso suicida, terminé llevándola a un hotel por horas para hacerle todas esas cosas que se me ocurrieron en su momento (en aquel entonces, ella tenía cuarenta y muchos, y yo, treinta y pocos). Lástima que, a la salida del segundo encuentro en el telo, una amiga de Mónica nos descubriera y le fuera con el cuento, obligándola así a poner fin a nuestro noviazgo y echarme a patadas del departamento que compartíamos.

Desde entonces, no volvimos a vernos y resultaba imposible presagiar el sesgo que tomarían los aconte-cimientos al reencontrarnos. De ahí que yo intentara no mirar hacia ellos, fingiendo entretenerme mandando mensajes con el celular o arrancando la etiqueta de la botella. Sin embargo, de poco me valió todo eso, porque, pretextando tener que usar el teléfono, ella se acercó hacia donde yo estaba, con paso decidido y un rictus de enojo en la cara, que me pusieron en alerta. Al llegar a mi lado, y ante la contrariedad de tener que esperar a que el aparato se desocupara, me miró con desprecio y tuvo la deferencia, o algo así, de dirigirme la palabra:

—Tenés mal aspecto —me soltó de repente, con hostilidad manifiesta y sin amagar siquiera darme la mano, mucho menos un beso, para saludarme.

—Vos, en cambio, estás espectacular —contesté, sincerándome, mientras imaginaba lo que habría bajo su pullover negro y sus *jeans*.

—Sí, la verdad es que me va muy bien, y eso se nota en la piel, el pelo...

—Claro, claro. ¿Andás de novia con Marcelo? —pregunté, curioso.

—Nos vamos a casar. Te invitaría, ¿viste? Pero tengo miedo de que terminés cogiéndote a la madrina... ya sabés lo riesgoso que es invitar a un casamiento a un sexópata. Claro que, con la pinta que tenés ahora, van a pensar que sos alguien que viene a pedir las sobras del convite.

Estaba en su derecho de guardarme rencor por lo sucedido, así que me mordí la lengua y sonreí, en un intento de mantener cierta dignidad.

—¿Seguro que no tenés alguna enfermedad infecciosa? En serio te digo, me tenés preocupada.

¿Sabés qué me gusta de Marcelo, aparte de ser muy buen mozo? Que es un tipo decente. Buscalo un día de estos en el diccionario. Viene en la D... ay, no, que vos no pasaste de la B, la B de basura.

—Cortala, Mónica —salté, incapaz de seguir aguantándome.

En ese momento, el teléfono quedó libre y ella se apresuró a realizar su llamado. No presté atención a sus palabras, en parte porque hablaba casi cuchicheando y, principalmente, porque sabía que era irrelevante; una mera comedia para poder acercarse a mí y decirme todas esas lindezas que llevaba mucho tiempo rumiando.

Antes de retornar junto a su enamorado, aún tuvimos unas últimas palabras:

—Bueno, Guido, te deseo que te vaya bien. No porque te lo merezcas, sino porque no hay más que verte para saber que te hace mucha falta.

—Chau, saludá a tu vieja.

—Morite.

De regreso a la barra, Mónica agarró a Marcelo de un brazo y salieron a la calle. Afuera ya no llovía, la gente iba abandonando sus mesas y yo miraba a la parejita a través del gran ventanal. «Pobre, Marcelo —pensé—, esta mina lo va a hacer sufrir, y la madre ya debe de estar para pocos trotes». En fin...

—Mozo, tráigame otra cerveza —ordené sonriente

Favor de amigo

Nunca me había gustado el Café Brenan. Aún cuando su amplitud permitía un gran espacio entre las mesas, otorgando privacidad y discreción a las conversaciones, el lugar era de lo más insulso. Paredes pintadas de color durazno, desabridos cuadros abstractos, enormes sillones de mimbre y repetitiva música New Age —con predilección por la insufrible arpa electroacústica del suizo Andreas Volenweider— conformaban un eclecticismo que no transmitía nada y que a mí, personalmente, me incomodaba. Sin embargo, cuando mi amigo Adrián me llamó para citarme ahí, no puse ninguna objeción y acudí a la hora convenida.

Al entrar en el café, vi que él ya me estaba esperando, y se levantó en cuanto llegué a su mesa.

—Gracias, Guido —dijo, ofreciéndome la mano—; te sorprenderá que te haya hecho venir, ¿no?

—La verdad es que no. Vos siempre llamás cuando querés algo —respondí con cierto resentimiento, ya que hacía meses que no sabía nada de él.

Una mueca en su boca delató que había acusado el golpe, pero disimuló y esbozó una falsa sonrisa. Enseguida me ofreció asiento y entramos en materia.

—Mirá, no me voy a andar por las ramas. Ni quiero ofender tu inteligencia ni hacerte perder el tiempo. Te llamé porque necesito que me ayudés.

—Dale, decime —contesté, en tono conciliador y apartando cualquier atisbo de rencor.

—¿Te acordás de la noticia que salió la semana pasada, sobre ese policía retirado que apareció muerto en un parque de Banfield con la cabeza rota?

Por aquel entonces, yo sobrevivía escribiendo crónicas de sucesos para un importante diario nacional, y aunque no había cubierto personalmente el caso, lo recordaba perfectamente.

—Sí, un policía jubilado al que habían querido robarle... Lo llevó Pellegrini. Yo andaba en Mar del Plata, ocupándome de lo de la modelo que fue asfixiada por su amante. ¿Por?

—Lo maté yo —me confesó.

—¿Qué? —pregunté, más incrédulo que alarmado.

—Escuchá, esto no se lo conté a nadie. Ese tipo no era una simple policía jubilado que se dedicaba a pasear al perro y hacer changas como pintor, plomero o vigilante, sino el hijo de puta que, con otro compinche, nos asaltó en casa hace poco más de tres meses... además... violaron a Graciela... Conmigo se contentaron con darme una paliza y mandarme al hospital... Menos mal que, por lo menos, los nenes se habían ido a pescar a Chascomús con mi hermano Rodolfo, porque si no...

Me quedé mudo, sin saber realmente qué decirle, porque ¿qué se le dice a alguien en una situación como ésa? No se me ocurrió mejor cosa que levantarme y darle un abrazo, torpe, pero sentido. Él lo debió de tomar como tal, porque los ojos se le humedecieron al instante. Al igual que a mí.

—Gracias —musitó cuando nos separamos—. ¿Todavía tenés aquella pistola de tu viejo? —indagó.

Nada más regresar a Buenos Aires, mi padre me había regalado una pistola belga que él tenía desde hacía muchos años. Se la compró a un comisario, al contado y sin papeles (siguiendo la costumbre), y durante todo el tiempo, hasta que llegó a mis manos, la tuvo criando polvo encima del armario de su cuarto. Yo ni siquiera sabía si funcionaba.

—Sí —susurré...

—La necesito para matar al otro tipo. No la tenés registrada, ¿no?

Me contó que los había identificado gracias al tatuaje que lucía uno ellos en el antebrazo (un puma o una pantera) y la casualidad de una charla vecinal. Los criminales resultaron ser los pintores de una casa a mitad de cuadra y, curiosamente, habían terminado el encargo el mismo día del asalto. A partir de esos datos, Adrián hizo averiguaciones hasta dar con ellos en el conurbano. Y comenzó a seguirlos pacientemente. A uno consiguió matarlo reventándole la cabeza con un caño de hierro, en la oscuridad de un parque cercano a su domicilio. Al otro continuó vigilándolo de cerca, esperando la oportunidad de agarrarlo solo y desprevenido.

Afortunadamente para su salud mental, la espera no llevó mucho tiempo y, apenas tres días después de nuestro encuentro, lo liquidó a balazos en las cercanías de la estación de trenes de Lanús.

No volví a ver a mi amigo, pero sé que está bien. Todos los años me manda una tarjeta por Navidades desde una localidad bien al sur, donde hay un gran lago azul en cuyo fondo yace la pistola belga que fuera de mi padre. Yo, aunque no las celebre, se lo agradezco igualmente, y le deseo lo mejor. Porque para eso estamos los amigos: para recordarnos los unos de los otros.

Conmemoración

—A mí, justamente a mí, venir a hablarme de Daniel Orvieto... ¿qué quiere que le diga o, por el contrario, qué desea que calle? Si yo apenas lo conocí, aun cuando compartimos muchas charlas y prolongados silencios. Sí, ya sé que me va a decir que fui el último conocido que lo vio con vida. Puede, eso está aún por comprobar, pero, a pesar de todo, ¿qué importancia puede tener semejante hecho? Ya sabe usted que la policía se inclinó por una caída accidental, más que por un suicidio y no digamos que por un crimen, así que no espere grandes revelaciones por mi parte, ni hallar la solución a un misterio inexistente. Deje que la morbosa sospecha siga anidando en la mente de los necios... tan decididos a desconfiar de todo que terminan por creerse cualquier cosa...

—Pero antes de...

—Ya sé lo que va a preguntarme —interrumpió Batista— y la respuesta es no. No me dijo nada cuando lo dejé en la puerta de su casa, apenas dos horas antes de su fallecimiento, según determinó la autopsia. Usted, querido Fonseca, está enfermo de literatura; piensa que los grandes acontecimientos de la vida, como en este caso el óbito de Daniel, vienen precedidos por grandes frases. Y se equivoca por completo. Es justo al contrario: nuestros actos vienen envueltos en la más insultante banalidad... Mire, Fonseca, déjese de barajar conjeturas absurdas y tire por el camino de la lógica. El tipo iba mamado —y eso, si quiere, se lo firmo ante notario—, salió al balcón a fumar, perdió el equilibrio y se estrelló contra el pavimento. Listo, no hay más misterio que la intoxicación etílica, una barandilla demasiado baja y un hombre muy alto.

—Tal vez tenga razón. Tal vez esté demasiado obsesionado, como si quisiera encontrar un significado al hecho de que, apenas una semana antes, él me citara para encargarme sus *Memorias*. Pero ¿por qué, si no supiera con exactitud que iba a morir, iba a confiar su propia biografía a otro escritor? No encuentro otra congruencia más allá de la idea de un suicidio planeado.

—¿Y por qué iba a quitarse de en medio? Tenía dinero, éxito con las mujeres y una salud de hierro. Además, ¿usted cree que no hubiera escenificado otro fin, digamos que más poético? No, alguien como Daniel, fascinado con desenlaces como el de Mário de Sá-Carneiro o aquella novia de Matisse que se cortó las venas en una bañera llena de champán rosado, no se tira a propósito para romperse la cabeza contra el suelo.

—En todo caso, ahora que ya no puedo escribir sus *Memorias*, quisiera ficcionar lo poco que conozco, quizás usted me ayude a documentarme sobre su vida. No es una deuda ni un homenaje, sino una forma de dar una salida útil a mis pensamientos.

—Eso está bien, pero no comprometa su salud mental en ello. No vale la pena.

Dos días después, los periódicos amanecieron con la noticia del fallecimiento del famoso editor Emilio Batista, coincidiendo con el primer aniversario de la desaparición de quien fuera uno de sus más íntimos amigos, el escritor Daniel Orvieto. La similitud entre ambos decesos, en forma y en fecha, junto a los testimonios de personas del entorno, han llevado a los investigadores a pensar en el suicidio como hipótesis de partida. «Nunca superó la muerte de Daniel», comentaron quienes mejor lo conocían.

Flamingo's, albergue transitorio

Apenas entramos en el telo, me empecé a sentir culpable. Culpable de no sé qué, porque estaba separado, no debía plata a nadie y la mina que me acompañaba venía conmigo por voluntad propia. Pero así son las culpas, indisciplinadas y pendientes de nuestras flaquezas para saltar a escena. Las llevamos inoculadas desde la infancia, y ya no logramos desprendernos de ellas.

A golpe de pura voluntad, reforzada por una vigorosa erección, me adentré en la pieza alquilada en lugar de salir corriendo. Nos desnudamos, nos besamos y nos metimos en la ducha. No había prisa, porque ni a ella ni a mí nos esperaba nadie, así que no nos entretuvimos en caricias acuáticas, sino que cubrimos el trámite del aseo como un paso previo al posterior desfogue sobre la cama. Un par de polvos después, con un discreto intermedio en el que tomamos champán, estábamos durmiendo sin abrazarnos, espalda contra espalda, expresando corporalmente que el sexo es sólo sexo y que los gestos íntimos de calado más profundo estaban fuera de tono entre dos casi desconocidos como éramos nosotros.

Cuando desperté, ella aún dormía: boca abajo y con las manos cruzadas sobre la almohada. Fui al baño, me metí bajo el agua y tomé la decisión de largarme de ahí antes de que ¿Laura? —sí, Laura— abriera los ojos y me pidiera que desayunáramos juntos. Sin embargo, al volver junto a la cama, sus formas bronceadas resaltando sobre el algodón blanco de las sábanas prendieron en mi mirada, encendiéndome un urgente deseo matutino. Me acosté a su lado y comencé a recorrer su espina dorsal con los labios hasta que escuché un ronroneo que me alentó a continuar mi avanzada.

Un rato después, durante el desayuno, la miré con atención, y me di cuenta de que encerraba un atractivo de mujer madura y castigada que asomaba más allá de los efectos de la gravedad sobre sus pechos, las bolsas que tenía bajo los ojos o los discretos surcos de unas prematuras patas de gallo. Era del tipo de mujeres que no sonreía con frecuencia, y esa economía expresiva me hacía pensar en una predisposición al pensamiento sostenido y una gran sabiduría vital. De sus ademanes y su lánguida mirada tristona emanaba un halo de misterio y exotismo que aumentaba mi atracción erótica por ella. Fue entonces cuando comprendí que ella me gustaba, y comencé a alimentar la esperanza de que ojalá fuera más que un simple polvo, como si en mi interior se hubiera activado un mecanismo que me hacía más sensible de lo habitual, o como si intuyera que esa mujer escondía grandes sorpresas.

Al despedirnos, con un beso en la mejilla, le entregué una de mis tarjetas y me sinceré antes de que se subiera a un taxi y partiera de mi vida.

—No sé si esta noche significó algo para vos o no, pero me gustás y me encantaría que me llamaras.

No me respondió. Simplemente me dedicó una enigmática sonrisa a través de la ventanilla, y desapareció entre el tráfico.

Debilidad

Si en aquella ocasión engañé a Ester con su mejor amiga, no fue porque no estuviera enamorado de ella, sino, simplemente, porque pude hacerlo. Yo amaba a mi novia, y el sexo con ella, cálido y amparado en una comodidad carente de presiones, me excitaba más que con ninguna otra. Sin embargo, mi cordura y fidelidad sucumbían ante la visión de Graciela; una imponente cuarentona, cuyas formas generosas, tan mórbidamente femeninas, ningún macho sexualmente activo podría pasar por alto.

Al contrario que mis amigos, que sentían debilidad por las lolitas, yo me sentía atraído por las mujeres maduras. Prefería el cuerpo de una mujer con historia, esculpido por el pasado y los conflictos, encajarme entre unas caderas que hubieran parido, sentir el tacto y el sabor de unos senos amamantados por hijos deseados, quería que me comparara triunfante con su ex marido y quería escuchar mi nombre susurrado entre gemidos por una mujer que no fuera la mía. Y sobre todo, quería que fuera Graciela.

Comencé entonces a boludear por su barrio para hacerme el encontradizo, y darle a la historia un toque casual y azarístico, pero no hubo manera. El azar no se dejaba tentar y, al final, tuve que mirar su número de teléfono en la agenda de mi novia y llamarla, con la poco creíble coartada de una cita con un agente literario en un café a cuatro cuadras de su casa. Aun así, me invitó a visitarla, aprovechando que su ex marido había llevado a su hijo en común al cumpleaños de un amiguito. Conforme a mis mejores expectativas, terminamos revolcándonos en el sofá cama y la alfombra como dos adolescentes.

Después de este primer encuentro, nos vimos otras cinco o seis veces, hasta que Ester tuvo que ser operada de un tumor en el pecho y yo asumí que era un castigo divino por mis malos actos. Presa de la culpa, encendí velas en casa, rapé mis cabellos y acudí a la sinagoga a prometer a Dios que, si se salvaba, no sólo iba a dejar de verme con Graciela, sino que abandonaría cualquier afán donjuanesco en lo que me restara de vida. Incluso dejaría de mirar con lascivia mamífera a cualquier mujer con talla de sostén superior a cien, y jamás de los jamases volvería a navegar por las páginas porno de Internet.

Por suerte, mis súplicas fueron atendidas y el tumor resultó ser benigno. De esto hace poco más de año y medio, y en todo el tiempo transcurrido fui fiel a la palabra empeñada. Al menos hasta hoy, en que mi novia se fue con la hermana a visitar a sus padres en Entre Ríos y yo me encuentro paseando por Tucumán al 2000, a escasas cuadras de la casa de Graciela, con una erección que no se me va, y el celular pesándome en el bolsillo.

Nada es casual

Mi novia me había dejado de un día para otro, comunicándome su decisión en un papel sujetado por un imán contra la puerta de la heladera: «ME VOY. Sonia».

Como cuarentón recién estrenado (cumplo años a finales de marzo y ella se fue en abril), tenía un lote variopinto de relaciones torcidas en el almacén de mi memoria, así que no me hice mala sangre y agarré las cosas como venían. Lo último que quería era lamentarme, ahondar en el dolor y romper las bolas a los amigos, por lo que me entregué con ahínco a buscar un olvido rápido en las profundidades del sexo. Comencé a salir todas las noches, tirándole los perros a cuanta mina conocía y alentando a mi círculo de amistades para que me presentaran candidatas receptivas a mis encantos de macho soltero con ánimo de apareamiento indiscriminado. Los resultados no fueron tan óptimos como yo pretendía; si bien me encamé con unas cuantas, otras bastantes me esquivaron, sabedoras de que únicamente pretendía el disfrute de sus cuerpos y en nada me interesaba cualquier otra circunstancia de sus vidas. Sin embargo, semejante dinámica duró poco porque, y en esto no tuvo nada que ver la casualidad, conocí a Gabriela.

Gabriela Swarc era amiga de Frida, la hermana de mi colega Elías, tenía treinta y tantos, un cuerpo fibroso y llevaba con la misma elegancia unos *jeans* con zapatillas que un traje sastre con zapatos de tacón. Pero no fue su armazón lo que más me llamó la atención, sino sus ojos, que se movían con notoria vivacidad y observaban sin vergüenza, y su voz, dotada de un timbre que me sedujo nada más escucharla.

Cuando nos presentaron, en una fiesta en casa de Frida (que celebraba su reciente mudanza), sentí de inmediato una corriente de simpatía hacia ella. Un fenómeno que debió de darse en las dos direcciones, a juzgar por la familiaridad con que me trató desde el principio.

—¿Cuándo vas a volver a publicar algo? —me preguntó de golpe.

—Bueeeno.... estoy ultimando un nuevo libro de cuentos pero ando liadísimo con el guión del programa *Chimentos de dormitorio* y...

—¡No te puedo creer! ¡No me digás que sos vos el que escribe ese bodrio!

—Y, sí...no sólo de leer a Borges vive el hombre.

—Habiendo leído tus libros, se me hace raro saber que tenés que ver con semejantes abortos televisivos.

—Bueno, también acepto trabajos de publicidad y colaboro con alguna emisora de radio de vez en cuando, además de mis ocasionales artículos de prensa y otras publicaciones...

—¿Y eso no te saca mucho tiempo para vivir?

—Mirá, yo trabajo en algo que me gusta, así que me siento vivo cuando escribo. Por otro lado, tengo una tendencia natural a la soledad y marco un cerco de aislamiento a mi alrededor. Supongo que se deberá a que suelen interesarme más las ideas que el género humano.

—¿Te puedo ser sincera?

—Por favor

—No te pega hacerte el duro ni el desinteresado. En primer lugar, porque sé que te separaste no hace mucho y andás como bola sin manija, enganchándote con otras minas, aunque sea efímeramente, para no pensar en la que te dejó. En segundo, porque vos no sabés lo que querés. Y en tercero, porque yo te gusto, ¿o me vas a mentir y decir que no?

—¡Espectacular! Ahora me toca a mí: vos le dijiste a Frida que se hiciera la encontradiza conmigo para que nos presentara, me decís estas cosas para demostrarme que tenés personalidad, que sos distinta e inteligente y, para terminar, mostrás un interés por mí que supone una excepción en tu comportamiento con los hombres desde que te separaste de tu marido, de lo que deduzco que yo también te gusto, ¿o me lo vas a negar?

Tras este primer encuentro, tan halagüeño y sugestivo como predestinado, llegó una sucesión apresurada de acontecimientos que nos trajo a un feliz presente cuyas particularidades omito por miedo a despertar envidias. Únicamente añadiré que, cuando alguien aparece en tu vida para rescatarte, simplezas como vanagloriarse de gestas sexuales y triunfos económicos se baten en retirada, llevándose consigo recuerdos dolorosos como, en mi caso; una nota de despedida en la puerta de la heladera.

Jaque

Víktor Weisgall era un gigantón macizo, que aparentaba setenta años pero tenía una decena más. Sus cabellos blancos, rapados al uno, hacían juego con una barba mal afeitada. Además, lucía unas pulcras manos de pianista y vestía con una elegancia pasada de moda —tampoco faltaba el bastón con empuñadura de plata y el anillo de oro en el meñique— que le proporcionaba una pátina de afectación y aristocracia que hacía pensar en la Centroeuropa de otros tiempos.

Cada vez que entraba en el Café Moldava, nunca antes de las siete, se dirigía a una de las mesas del fondo, donde desplegaba un pequeño ajedrez magnético. Colocaba con tranquilidad las piezas en sus posiciones iniciales y, tras tomar un sorbo de su copa de coñac, comenzaba la partida: blancas contra negras y él como único jugador. Al principio, movía las piezas con rapidez, anotando en una pequeña libreta cada movimiento, pero, conforme pasaba el tiempo, sus acciones se tornaban más lentas y su rostro cambiaba de expresión, pasando de una inicial placidez al ceño fruncido y a una tensión generalizada. A su alrededor, la gente miraba con disimulo el tablero, aunque nadie se atrevía a acercarse. El mozo mismo, habituado a la escena, mantenía una distancia prudencial, y sólo renovaba la consumición cuando el viejo se lo ordenaba. Resulta superfluo decir cuánta fascinación provocaba en mí el cuadro presentado, y sabía, en calidad de escritor, que el azar me estaba brindando una historia sobre la que debía indagar.

Mi creciente y ansiosa curiosidad por aquel individuo me llevaría a seguirlo una buena noche. El viejo vivía a unas seis cuadras del Moldava, en un edificio antaño esplendoroso, pero ahora venido a menos, con la piedra de la fachada oscurecida por la contaminación, y la madera de las persianas (siempre bajadas) reseca y despintada. Una de esas noches, el tipo entró en su casa, pero dejó abierta la puerta tras de sí, como si me estuviera tentando a pasar, lo que de inmediato me hizo caer en la cuenta de que, quizás desde el principio, él era conocedor de mis seguimientos. Con cautela, traspasé la entrada, pero sin decidirme a adentrarme por el oscuro corredor que conducía al resto de las dependencias. De inmediato, una voz llegó desde el fondo, invitándome a seguir:

—Entre, joven, no sea vergonzoso.

Sobreponiéndome al temor, recorrí el pasillo y llegué a un gran salón apenas iluminado por una lámpara de pie. La decadencia externa del inmueble hacía pensar en un abandono interno, por lo que mi sorpresa fue mayúscula al toparme con un extraordinario despliegue de arte y riqueza que yo únicamente había observado en visitas a algunos palacios europeos. Alfombras persas, cuadros y litografías de autores reconocidos mundialmente, muebles primorosamente trabajados en maderas nobles, vajillas de fina porcelana de Meisen, candelabros de plata, y mucho cristal veneciano, conformaban una ambientación decimonónica cuya contemplación me tenía absorto. Tanto, que me había olvidado del anciano, sentado en un sofá, y no había reparado en el revólver Colt que sostenía en su mano derecha.

—¿Por qué me sigue, joven? —inquirió con absoluta calma.

—Soy escritor y... nada más verlo en el Moldava, supe que me encontraba ante una historia digna de ser contada... su origen foráneo, el ajedrez, esta casa... todo confirma mis suposiciones iniciales de que usted es todo un personaje —expliqué, intentado ser lo más sincero posible.

—Así que a usted le interesa mi vida...

—Sí .

—He leído algunos de sus libros y reconozco que me gustaron. Me llama mucho la atención que, a pesar de su origen no *ashkenazi*, escriba tanto sobre *rusos*, pero... en esta ciudad todo es posible.... tal vez por eso, Borges la eligió para pasear sus cuentos.

—¿Y cómo sabía que soy...? —pregunté, intrigado.

—¿Que cómo sabía que es escritor y judío, *italki* para más señas? Bueno, no pretenderá usted que no haga mis averiguaciones sobre alguien que le da por seguirme, ¿no? —me explicó con una sonrisa

Aclaradas las intenciones, guardó el revólver, me invitó a tomar asiento y convidó con un coñac antes de comenzar a relatarme su vida.

Y esto es lo que me contó, tal como lo recuerdo. Había nacido en Budapest en el seno de la alta burguesía; su padre era anticuario y marchante de arte y su madre la hija de un afamado médico. A los pocos años de su nacimiento se mudaron a Viena, donde residieron hasta casi el advenimiento del Anschluss y de donde tuvieron que huir, dada su condición hebraica, a las montañas, antes de poder acceder a Suiza. Mientras aguardaban el momento oportuno para cruzar la frontera, fueron delatados y conducidos a un campo de concentración. No volvió a ver a sus padres, y él sobrevivió gracias a su talento para el ajedrez. Con anterioridad al estallido de la guerra, había ganado varios torneos y su nombre iba asociado a la condición de *niño prodigio*, por lo que, apenas llegado al infierno, fue reconocido por el comandante del campo, apasionado del tablero y él mismo poseedor del título de Maestro. Poco antes de la liberación, ambos jugaron una serie de partidas (al mejor de diez), cuyo resultado, a favor del prisionero, derivó en el suicidio del perdedor. Al finalizar la contienda, el joven hizo acopio de las telas y joyas escondidas por su padre y, tras permanecer un tiempo en Portugal, se embarcó rumbo a Buenos Aires, a cuyo puerto arribaría en 1947.

—Y más o menos esa es mi historia, joven. El resto, los detalles, ya se los iré contando más adelante.

—¿Y esas partidas al ajedrez que juega usted solo?

—Nunca pude volver a enfrentarme a nadie, pero ahora, después de tantos años, a lo mejor hago una excepción y le enseño algunos movimientos; ¿usted juega?

A partir de ese día, nos hicimos amigos, me acompañó a la presentación de mi última novela, inspirada en su vida, *Jaque al nazi*, y no son pocas las tardes que, superando un viejo tabú, me invita a echar una partida en el Moldava. Siempre gana él, lógicamente, pero para mí resulta un más que estimable premio escuchar sus anécdotas, tan increíbles que la ficción siempre queda en evidencia.

H de p

Nunca había entrado en aquel café y no lo habría hecho de no haberme citado en él con el Loco Toscani. Ambos habíamos cursado juntos la secundaria, y después de terminarla coincidíamos, de tanto en tanto, en partidos de fútbol organizados por amigos comunes y ocasionales fiestas de ex alumnos, o simplemente nos cruzábamos por las calles del barrio, ya que los dos seguíamos viviendo en Caballito. Por lo que sabía, le iba bien al Loco: era director creativo de una agencia de publicidad, se había casado con su novia de toda la vida, tenía dos nenes chiquitos y solía veranear en el sur de Europa o Punta del Este. Yo, en cambio, despotricaba contra la publicidad, no me había casado, mucho menos tenía hijos, y mis escapadas veraniegas no iban más allá de Miramar. Con todo, no me quejaba mucho, porque tenía un nada despreciable éxito con las minas, conservaba el pelo, no tenía barriga y mis trabajos como *freelance* me permitían vivir decentemente.

—¿Qué hacés, flaco? —me abrazó Toscani, en cuanto entré en El Royal—. ¡Qué bien te veo! —añadió, retrocediendo para mirarme mejor.

—Será porque estoy cerca.

—No, en serio, estás bárbaro. ¡Parecés un pendejo!

—Es que soy lento de maduración... Además, tomo mucha levadura de cerveza, café, vitamina C y algas para evitar la oxidación.

Nada más saludarnos, nos sentamos a una mesa y pedimos dos whiskys; solo para él y con hielo para mí. Mientras llegaba nuestro pedido, intercambiamos unas cuantas preguntas de rigor y cortesías varias, como si nos hiciera falta el líquido elemento entre las manos para abordar el verdadero motivo de la cita (vía telefónica), que yo, por otra parte, desconocía por completo. Por fin, tras dar un primer sorbo a su whisky y chasquear la lengua con satisfacción, el Loco se sinceró conmigo:

—Hace unos días, veraneando con mi familia en Punta del Este, me encontré con Laura... tu Laura —me soltó sin anestesia.

No bien escuché ese nombre, me invadió una inmediata sensación de pánico que hizo que mi corazón amenazara con pararse, primero, y con salírseme por la boca, después. Tan evidente debió de resultar mi reacción que Toscani se quedó callado unos instantes antes de proseguir:

—Bueno... el caso es que yo había bajado del departamento para comprar algo en la rotisería de al lado y allá me topé con ella... tan linda como siempre, y sonriéndome con la misma naturalidad que si nos hubiéramos visto la semana pasada. Me dijo que iba a quedarse unos días en la playa, y me dio el número de su celular para ver si podíamos vernos para tomar un café y charlar con más calma. Le respondí que sí, que claro, y mi mujer y yo la invitamos a cenar dos días más tarde. Así que vino, nos contamos nuestras respectivas vidas y, cuando mi mujer fue a acostar a los nenes —los pobres se habían quedado dormidos en el sofá—, Laura me preguntó si te veía. Yo le respondí que muy de vez en cuando, porque vivíamos cerca... y entonces va y me entrega esta carta para vos. Yo no sabía qué hacer ni qué decirle. A fin de cuentas, fui yo quien los presentó y... bueno, el caso es que casi se pone a llorar. Me rogó que por favor te la diera, y yo no tuve valor para negarme...

Tomé en mis manos el sobre cerrado que me ofrecía y lo observé unos instantes con detenimiento, concentrándome en el singular contraste del papel celeste oscuro y el negro de la tinta con que mi nombre aparecía escrito en el anverso.

—Gracias —balbuceé, evidenciando nuevamente el efecto que me provocaba todo lo que viniera de ella.

Ahí mismo rompí el sobre y me puse a leer la carta, mientras Toscani no sabía cómo hacer para no incomodarme con su presencia; miraba al techo, a sus zapatos, encendió un cigarrillo... Cuando terminé, la doblé con cuidado y volví a meterla dentro del sobre, antes de pronunciarme:

—Mirá, loco... vos sabés todo lo que yo pasé por ella... nos íbamos a casar, queríamos tener un hijo, y me entero que la muy turra se fue de fin de semana a Colonia con su jefe en vez de con su hermana, como me había contado, y ahora me hace llegar una carta, más de dos años después, donde confiesa que aquello fue el error más grande de su vida, que era conmigo con quien debió casarse, que aún me quiere, que fui lo mejor que le pasó y bla bla bla.

—Bueno, yo...

—No te preocupés. Yo sé que a vos esto te agarró en medio y que tenés buena onda, pero, cuando la llamés para decirle en qué terminó la cosa, decile de mi parte que se vaya a la puta que la parió o a la concha de su madre, lo que vos prefieras. Eso lo dejó a tu elección. Y ahora, me tengo que ir. Ah, y hacé con la carta lo que quieras, porque a mí no me interesa conservarla —rematé, dejándola encima de la mesa.

—Disculpame, che... yo no quería jorobarte.

—Tranquilo, que la cosa no va con vos... ni con nadie, porque es un tema que yo finiquité hace tiempo.

Nos dimos la mano, le palmeé el hombro y salí por la puerta mascullando entre dientes: «¡Qué hija de puta!, ¡qué hija de la gran puta!»

Matador

Silvio Viterbi es argentino, soltero, tiene cuarenta y tantos años y alterna su profesión de publicista con la docencia en una universidad privada. Sus padres, dos judíos italianos que recalaron en Buenos Aires huyendo de Mussolini, provienen de la burguesía Toscana (un abuelo, terrateniente; el otro, médico) y residen a escasas tres cuadras de su departamento. No tiene más que una hermana, cuatro años menor, Adriana, y desde que recuerda, siempre hubo perro en casa. A priori, nada que resulte anormal o llame particularmente la atención:

Estatura: 1,78 m.
Color de ojos y cabello: miel y castaño claro, respectivamente.
Número de pie: 42
Signo astral: Aries, con ascendente Capricornio.
Mujeres con las que se acostó: 18
Libros que sostienen sus estanterías: 2.997
Auto que maneja: Peugeot 307
Cantantes preferidos: Andrés Calamaro y Bob Dylan.

Actores favoritos: Cary Grant, Edward Norton y Billy Bob Thornton. Actrices: Mel Streep y Soledad Villamil (no sabe si es de las mejores, pero sí con la que más sueños eróticos ha tenido).

Postres que le encantan: tiramisú con helado de sambayón y casi todos los que lleven frutillas.

Amigos que tiene: 3 fijos y otros tantos en órbita permanente.

Zapatillas que usa: Adidas.

Pantalones que más se pone: unos Levi's etiqueta roja.

Manías confesables: arrancar las etiquetas de las botellas de cerveza, leer el diario comenzando por atrás, forrar los libros, tener los lápices siempre afilados, quedarse dormido con la radio encendida...

Sin embargo, y obviando lo anterior, que por indicar indica muy poco, el tal Silvio arrastra una peculiaridad que le distingue del resto de sus coetáneos (a no ser que mañana surja alguien que me desmienta y pueda documentarlo). Algo que lo convierte en único en su especie y que lo hace temible: puede provocar cáncer en el prójimo. Sí, así es, a pesar de que resulte casi inverosímil. Desde hará unos diez años, el tipo viene comprobando cómo la gente que detesta va muriendo de diferentes cánceres en menos de cuatro meses. Al principio, Silvio no asociaba el fallecimiento de estos indeseables a otra causa que no fuera el azar, pero poco tardó en decirse a sí mismo que eran muchos muertos para que únicamente interviniera la casualidad. Los números cantaban y, de esta manera, los difuntos se sucedieron: el canalla que estafó a su viejo en un negocio, la ex mujer del tío Arrigo (al que arruinó para luego largarse con otro), el desgraciado que le robó la cartera a punta de pistola, aquel catedrático antisemita que casi le impide licenciarse o ese novio que tuvo su hermana y que resultó que estaba casado. A pesar de su horror, y no cierta satisfacción que por motivos morales eludía reconocer, esos poderes, lejos de desaparecer, se acentuaron, y las siguientes víctimas fueron alcanzadas aunque el odio no se mostrara más que como algo pasajero. Así, también pasaron a mejor vida: el gordo pelotudo que siempre rompía las bolas en las reuniones del consorcio, la funcionaria que no le atendió convenientemente en la Municipalidad, un tipo de la otra cuadra que maltrataba a su esposa, el coreano de al lado que dejaba la vereda llena de escupitajos, la vieja chota del cuarto A1 que no hacía más que chismear o al mecánico atorrante que le arreglaba una cosa al auto y estropeaba otra para hacerle volver. Éstos, que supiera... porque del fallecimiento de otros más anónimos ni se enteró, como del taxista que le quiso cobrar de más aquel día que tenía el auto en el taller y fue a ver a una novia que vivía en la Loma del Orto, el colectivero chanta que le salpicó a propósito un jueves tormentoso, el pendejo al que descubrió pintando una esvástica en la pared del edificio donde vivían sus padres o el maricón que le miraba lo que tenía entre manos mientras orinaba en el baño de un cine de Corrientes, por citar unos pocos y no alargar la relación.

Voy a omitir cómo conocí yo este secreto de Silvio Viterbi, porque es algo que queda entre los dos, pero les voy a dar un buen consejo: si lo encuentran, aléjense de él, y si no, pórtense bien y cuídense de no ofenderlo. De lo contrario, vayan haciendo testamento. Ah, y no lo divulguen, porque nadie va a creerles. La gente no es tan crédula. ¿O sí?

Berta

Apoyado en la barra, con un cinzano a mi diestra y disfrutando del analgésico ruido provocado por el chaparrón que caía afuera, me entretenía buscando apellidos fonéticamente interesantes en las esquelas de *La Nación*. Para no variar, había encontrado un par que me parecieron idóneas para fantasear algún personaje, movido por la creencia tan judía de que los nombres son importantes. Y es que yo soy de esos que jamás iría a un psicoanalista (esa cosa de rusos y de putos, como diría mi abuelo materno) que se llamase José García, ni escrituraría mi departamento ante un notario que firmara como Juan Pérez, por mucho *Ilustrísimo* que le colocaran delante.

Después de anotarlos en la pequeña agenda que siempre llevo conmigo, pasé a entretenerme con las noticias del diario. Como no andaba para nada interesado en profundizar en las habituales catástrofes, alterné la lectura distraída de los titulares con la contemplación de la tormenta, que oscurecía la ciudad y embellecía los edificios neoclásicos del barrio, a fuerza de resaltar una elegante combinación de tonos blancos, negros y grises más propia de París que del culo del mundo.

En eso andaba, en pasar ocioso un rato de tarde,

cuando el sonido de la puerta al abrirse me hizo volver la cabeza, más por instinto que por curiosidad. Fue entonces cuando mis ojos se toparon con una morena de pelo largo y oscuro, que me hizo recordar a la actriz norteamericana Veronica Hammel, con la salvedad de ser más joven y tener los ojos de un llamativo verde felino. Venía empapada, y apenas debía de superar los treinta. Pasó por mi lado y tomó asiento en un taburete a no más de tres metros de donde yo me encontraba. Como con toda seguridad sólo había entrado para refugiarse de la lluvia, cuando el mozo se le acercó se demoró unos instantes en decidir. Finalmente, tras pasear sus ojos por la barra, se fijó en mi copa, y decidió imitarme. Mientras le servían, no paró de arreglarse el pelo, pasándose los dedos por el cuero cabelludo y echándose el flequillo atrás. Yo, por mi parte, no podía dejar de mirarla. Siempre me había gustado observar cómo las mujeres se peinan cuando salen de la ducha, y verlas pasear por la casa con el albornoz puesto, el cabello mojado y el cepillo en la mano era una de esas visiones que almacenaba en un lugar recurrente de mi memoria, asociadas con prólogos o epílogos de algo mejor.

Sin embargo, como no pretendía incomodarla, me reprimí y aparté mis ojos de ella, volviéndome a concentrar en las noticias. No lo logré del todo y, a menudo, le lanzaba alguna ojeada, ya fuera de reojo o a través del espejo que ambos teníamos enfrente, justo detrás de la barra. Curiosamente, ella no reparaba en mí, a pesar de nuestra cercanía y mis insistentes miradas, lo que me hizo sospechar algo anómalo en aquel comportamiento. Me pareció una indiferencia poco natural, forzada, y de inmediato sonreí al evocar cierta historia de mi pasado que empezó de idéntica manera.

En aquella oportunidad había tenido fortuna, lo que me alentó para estar alerta ante esta situación y sus posibles evoluciones. Por desgracia, en esta ocasión no contaba con la complicidad del mozo, como entonces, ni con la temeridad de mis días juveniles. En cualquier caso, no tuve tiempo de hacerme mala sangre ni rumiar el modo de abordarla, porque fue ella quien se acercó a mí.

—¿Tenés fuego? —me preguntó, con un cigarrillo en la mano.

—Sí —respondí, sacando un Zippo de mi bolsillo.

Me dio las gracias y me ofreció un cigarrillo, que rechacé.

—No, yo no fumo... Lo llevo por si me pierdo en un bosque —aclaré, ante su cara de sorpresa, intentando ser gracioso—; no, la verdad es que lo tengo porque me gusta el chasquido metálico que hace al abrirlo y cerrarlo —confesé.

—A mí también me gusta mucho ese ruidito —dijo, expresando con su lenguaje corporal que no tenía prisa por regresar a su sitio.

—Te queda muy bien el pelo mojado, le da un aspecto brillante, como si estuviera barnizado.

Sonrió, ladeando la cabeza y mirándome con atención, calibrando si mis facciones eran de su agrado.

—¿Siempre le decís cosas tan lindas a las minas que acabás de conocer? —interrogó, en tono canchero.

—A veces hasta incluso antes de conocerlas, como a vos. De todas formas, no es muy meritorio ser galante cuando se tiene a alguien tan inspirador delante...

—Veo que valió la pena acercarme a pedirte fuego.

—Debía de estar escrito, y también que pidieras lo mismo que yo estaba tomando, y que entraras justo en este bar.

—¿Sos determinista?

—Y de San Lorenzo —repliqué, aseverando con la cabeza.

—Jajaja —me premió la ocurrencia con una risa que embellecía aún más su ya de por sí agraciado rostro.

Roto el hielo, seguimos hablando un buen rato, tomamos un par de cinzanos más cada uno y nos despedimos con un beso en la mejilla. Entre muchas cosas, me dijo que se llamaba Berta y quedamos en volver a vernos el próximo día que lloviera, en el mismo lugar y a idéntica hora. Felizmente, no tuvimos que esperar más de cuarenta y ocho horas, y después de repetir bebidas y conversación, terminamos cenando en un coqueto restaurante italiano a la vuelta de mi casa.

Berta y yo estuvimos juntos dos años y medio, hasta que llegó la inevitable ruptura. No volví a verla hasta varios años después, cuando yo acababa de regresar de España, y me la encontré paseando con dos nenes por la calle. El mayor tenía nueve años, y el más chico, cuatro. Les quise invitar a tomar algo, pero tenían cita para el dentista y andaban con prisa, así que apenas pudimos intercambiar unas pocas frases corteses. Cuando se marcharon, me pareció que ella se daba la vuelta y me dedicaba una extraña sonrisa, como de complicidad o picardía. Pero no podría asegurarlo, porque yo estaba lejos y absorto en otras cosas: en pensar cuánto se parecía a mí el pibe más grande, y en hacer cuentas con los dedos.

Azar

Fue la noche del pasado jueves. Yo volvía de lo de mi hermano, bajando por Yatay y doblando por Díaz Vélez, cuando un auto me tocó la bocina y se detuvo a mi lado, subiéndose en dos ruedas sobre el cordón de la vereda. Era un viejo Ford Falcon que parecía nuevo; pintado en rojo brillante y con relucientes cromados en plateado. A pesar de la siniestra imagen que arrastraban de la época de los milicos, a mí siempre me habían gustado esos autos. Éste en concreto, rojo y tan bien cuidado, tenía algo que lo asemejaba a los legendarios Mustang, a cuyo volante siempre iban tipos cancheros que fumaban Marlboro, llevaban anteojos de sol aunque fuera invierno e, invariablemente, la compañía de una rubia espectacular. Yo, para mi desgracia, de canchero tenía lo justo, el cigarrillo me parecía una forma de goce infantil (una añoranza del pezón materno) y las rubias espectaculares cada vez escaseaban más en mi vida. Claro que yo tampoco manejaba un Mustang, sino un Suzuki Swift, que, de ser rojo y no negro, habría llevado a no pocos a tacharme de afeminado.

Del auto, enseguida descendió su único ocupante, viniendo hacia mí con los brazos abiertos y una amplia sonrisa en la boca.

—¿Qué hacés, flaco?

Hacía años que no veía a «Conejo» Bertarelli y, aunque lo reconocí de inmediato, me sorprendió lo bien que le había tratado el tiempo. No sólo mantenía todo el pelo, sino que también estaba delgado como un pibe. Incluso sus dientes, que hacían honor a su apodo, parecían haberse achicado. O quizás era la cabeza, que le había crecido de forma que su mandíbula resaltara menos. O yo qué sé. El caso es que estaba bárbaro a sus cuarenta y dos pirulos.

Nos dimos un abrazo sincero y me propuso tomar algo.

—Claro, viejo —acepté.

Cruzamos la avenida y nos metimos en un café esquinero que frecuentábamos de jóvenes. A pesar de la hora, el local estaba muy concurrido y tomamos asiento a la única mesa libre.

—Mirá, después dicen que hay crisis. Crisis las pelotas —comentó Bertarelli mientras nos sentábamos.

Pedimos una cerveza negra y comenzamos a hablar de nuestras respectivas vidas. No nos veíamos desde hacía muchos años. Apenas licenciado como arquitecto, él se había marchado a los Estados Unidos, concretamente a Denver, a trabajar en la empresa de un amigo de un amigo de su tío. Poco después, yo partiría para España, para dedicarme, insospechadamente, a la publicidad. Desde entonces no habíamos vuelto a vernos.

Me contó que había estado casado con una

norteamericana y tenía una hija casi señorita y que tras divorciarse, un año atrás, se había venido para acá, donde acababa de abrir un estudio.

—¡Mirá lo que son las cosas! Estamos a no más de cinco cuadras el uno del otro y no nos vimos hasta esta noche...—dije

—Y vos no sabés... —dijo con una incontenible sonrisa de nene travieso que se ríe solo.

—Yo conozco esa expresión tuya. Dale, contá, que se ve que te morís de ganas —le tiré de la lengua.

Hizo un breve parón dramático, esforzándose en ponerse serio, y enseguida me soltó la noticia:

—Ando medio ennoviado con Berta. ¿Vos te acordás de Berta Santini?

—Y claro, negro, ¡Cómo no me voy a acordar, si fue tu novia durante todo el secundario! —exclamé, sorprendido—. Pero ¿no estaba casada con un médico de Bahía Blanca?

—Se separó casi hace un año, como yo, y ahora vive acá al lado, en Franklin.

—¡No te puedo creer! ¡Qué increíble!

—Sí —respondió, mostrando su incontenible entu- siasmo, asintiendo con la cabeza y sonriendo de oreja a oreja.

—¿Y? ¡Dale, contá! —lo animé.

—Me la encontré hará cosa de un mes en Porcio, comprando pescado, ¿viste?, y nos quedamos de piedra, parados como dos boludos el uno frente al otro, sin saber qué decir. La gente nos miraba y, al final, nos dimos la mano. Sí, la mano, como si nos acabáramos de conocer, ¿qué te parece? Menos mal que enseguida se nos fue la vergüenza... Luego, nos tomamos un cafecito donde el tano Conti, y después comimos juntos en la parrillita esa que está en Ángel Gallardo, justo cruzando el parque, ¿sabés la que te digo?

—Sí, claro, La Pava.

—Ésa... Y bueno, el caso es que una cosa llevó a la otra. Empezamos a quedar para cenar, ir al cine y...

—Muy bien, hermano, los felicito —le interrumpí, palmeándole el hombro amistosamente.

—Gracias, flaco —contestó, antes de abrazarme conmovido.

Brindamos y seguimos conversando un rato más, maravillados por los azares venturosos que se dan en la vida y que uno siempre piensa que le tocan a otros.

Antes de irnos, intercambiamos nuestros teléfonos y nos peleamos para ver quién pagaba la cuenta.

—Dejá, pago yo, vos me invitás otro día a un sitio caro —sentencié, extendiéndole un billete grande al mozo.

Nos volvimos a abrazar junto al auto y nos separamos con un «hasta pronto», prometiendo quedar los tres cualquier noche de la próxima semana. La sorprendente noticia me había imbuido de cierto ánimo nostálgico, quitándome las ganas de volver de inmediato a casa, por lo que decliné su invitación de acercarme. Lo vi meterse en el auto y alejarse en la oscuridad de la noche, no sin antes despedirse sacando la mano por la ventanilla y dar un par de bocinazos cortos.

Pensativo, me eché a caminar Díaz Vélez abajo, preguntándome qué habría sido de mis novias de juventud y lo lindo que sería reencontrarme con alguna en el barrio.

Regalos

No se exactamente qué me hizo aceptar el consejo de Marcelo y acercarme a lo de aquel extraño hombre. Supongo que fue la curiosidad y, en menor medida, la esperanza de encontrar unos regalos originales para mis tíos, Vittorio Finzi y su esposa, Olga Fubini, quienes celebraban sus bodas de oro por esas fechas. Así que le dije a mi amigo que iría donde ese paisano, y que avisara a su viejo para concertar una cita, dado que el tipo no recibía a nadie que no estuviera avalado por algún cliente, y el padre de Marcelo lo era desde hacía más de dos décadas.

El encuentro quedó fijado para el siguiente jueves por la tarde, y Marcelo me pasó las señas, correspondientes a un elegante barrio de casas bajas y veredas arboladas, no muy lejos del centro. Ese día amanecí nervioso, inquieto ante la perspectiva de acudir a la casa de un desconocido sobre el que mi amigo se negaba a darme referencias, limitándose a un escueto y enigmático «ya lo vas a conocer» acompañado de una sonrisa.

Como estaba advertido de que el señor Bergman no aceptaba el pago con tarjeta, ni las devoluciones, saqué el fajo de dólares que escondía detrás de los libros de la segunda balda de mi estantería del comedor y los conté varias veces. Por las dudas, y como no tenía nada en mente sobre cuánto iba a gastarme, también me acerqué hasta el banco y retiré dos mil pesos. Hecho el trámite, pasé el resto de la mañana desayunando en el bar, leyendo el diario en el parque y dando un largo paseo por el barrio hasta llegar a Villa Crespo, donde comí en un pequeño bodegón. Cuando regresé a casa, me tumbé en el sofá con el televisor puesto y me quedé dormido hasta poco antes de las cinco. Entonces me levanté, di una ducha, cambié de ropa y bajé a la cochera a por el auto.

Apenas media hora después, me encontraba estacionando ante una casa antigua, señorial, bien conservada, y protegida por un alto paredón sobre el que se apreciaban unos finos cables negros, seguramente electrificados. Nada más apearme del auto, y cuando aún no me había acercado a la puerta de la calle, ésta se abrió de improviso, y sobre ella se enmarcó la gigantesca figura de un hombre de cierta edad, con el cráneo rapado y vestido elegantemente de negro.

—Soy Tibor —se presentó, extendiéndome una mano que parecía la pala de una excavadora.

—Guido Finzi —respondí, temeroso de que apretara y me rompiera los dedos.

—Sígame, por favor —me indicó con un gesto, mientras sus casi dos metros de altura llenaban de sombra el pasillo de grava que dividía en dos el jardín.

Enseguida llegamos a la casa, atravesamos un amplio recibidor, un pasillo, a cuyos lados se abrían habitaciones, y otras dependencias, hasta finalmente llegar a un inmenso salón que asemejaba un museo. En sus amplias paredes, convivían tapices flamencos con fabulosos espejos y múltiples cuadros, entre los que distinguí algunos de Anglada Camarasa, un Modigliani menor, dos o tres de Xul Solar, un Pisarro, y varios Chagall, entre otros. Los suelos, que se adivinaban de mármol, estaban cubiertos de alfombras de todo tipo, mientras amplios expositores mostraban jarrones Limoges, Ming e incas, junto con finos juegos de café en porcelana, cuberterías de plata, y delicadísimas cristalerías italianas. Del techo colgaban lámparas de lágrimas de cristal y, sobre grandes mesas de maderas nobles, descansaban esculturas de todo tipo, tanto profanas como religiosas. Tan absorto me quedé ante semejante despliegue de arte y buen gusto, que no reparé en el señor Bergman, sentado tras un escritorio de nogal en un rincón de la estancia, hasta que éste me habló:

—¿Le gusta lo que ve, joven? —me preguntó, haciéndome volver la cabeza.

—Es, es... es fascinante —balbuceé, en estado de *semishock*.

—Me alegra oír eso. Además de lo que ve, en la planta de arriba guardamos las joyas, incluido relojes de todo tipo, y los libros —explicó, levantándose de la silla y viniendo hacia mí.

—Es increíble, nunca había visto nada parecido fuera de las salas de un museo.

—Comprenderá entonces por qué me ocupo de que no venga cualquiera por acá. Solo quiero a gente que admire la belleza, y que valore el trabajo artesano de estos maestros. Imagínese que se me llena de taraditos de la televisión... o peor aún, de futbolistas —añadió, guiñándome un ojo.

131

El señor Bergman era un individuo pequeño, pero de buen porte, e irradiaba casta y aristocracia como un emérito catedrático de reconocido prestigio. Su piel era pálida, sus ojos azul claro, y el conjunto de sus afilados rasgos faciales parecían tallados en alabastro. En cuanto a su vestimenta, lucía camisa blanca (a juego con sus cabellos impecablemente peinados con brillantina), chaqueta de tweed beis y pantalón gris oscuro. Contrariamente a lo severo de su aspecto, su presencia transmitía una inquietante serenidad, que se afianzaba en su modo tranquilo de hablar y moverse.

Mientras yo me deleitaba examinando aquellas maravillas, el señor Bergman comenzó a narrarme su historia y a preguntarme por la mía. Así me enteré de que había nacido en Alemania, donde su padre poseía una importante fábrica de chocolates, y que llegó a la Argentina con su familia un año antes del advenimiento del nazismo. Aquí, en Buenos Aires, su progenitor se dedicó a la fabricación de bolsas y envases de polietileno y a la compra de locales y viviendas para alquilar. También me habló de Tibor, explicándome cómo su padre lo había encontrado vagando por las calles de Génova recién terminada la Segunda Guerra Mundial. Tibor no sólo era niño huérfano, sino que también un superviviente de los campos de concentración. Se merecía que alguien hiciera algo bueno por él, así que se lo trajo consigo a este lado del Atlántico y lo integró en la familia como un hijo más.

Conforme a mi presupuesto, terminé eligiendo una cristalería veneciana de color verde para mi tía, compuesta por dos jarras grandes y seis copas finamente talladas. Para el regalo de mi tío tuvimos que subir a la biblioteca, donde me decanté por una primera edición de Carducci, con dedicatoria del propio poeta, y que don Bergman me dejó por un precio irrisorio. También me regaló un ejemplar de *Gli indifferenti*, de Alberto Moravia, fechado en 1929. Yo no sabía cómo responder ante tanta generosidad y sólo acerté a repetirle mi agradecimiento varias veces, mientras tomábamos café y Tibor embalaba mis adquisiciones. Con la cafetera delante, conversamos sobre música clásica, literatura, y judíos italianos a los que el señor Bergman había tratado a lo largo de su vida, como el filósofo Rodolfo Mondolfo, con quien quedaba de tanto en tanto en un café del Once, el embajador Paolo Vita-Finzi, fiel cliente suyo y de quien quiso saber si había sido pariente mío, o Gino Olivetti, al que conoció siendo adolescente. Yo me sentía tan a gusto compartiendo esa tarde con alguien tan culto y carismático, que no tenía ganas de regresar a mi casa. Pero tampoco quería seguir abusando de su hospitalidad, por lo que me despedí pasadas las ocho.

—Dígame, señor Bergman, ¿no tiene miedo de que les roben? —le pregunté antes de irme.

—Lo intentaron. Una vez... pero Tibor se ocupó de ellos. Fíjese, antes de salir, en los dos olivos que crecen llegando a la puerta... debajo de ellos, yacen dos fulanos —me confesó, sonriente.

Yo le respondí con otra sonrisa, aunque, ni por un momento, dudé de sus palabras.

Un mes después de esta visita, me marché a vivir un tiempo a España, así que no volví a ver al señor Bergman ni a Tibor. Cuando retorné, tampoco me atreví a visitarlos. Sentía aprensión ante la posibilidad de que hubieran muerto y fui relegando el reencuentro. Entretanto, otra cosa me sigue turbando y provocando inquietud: saber si, en todos estos años, habían plantado más olivos.

Desubicada

—¿Hola? —atendí.

—Hola —respondió una dubitativa voz femenina. La reconocí de inmediato. Aunque su nombre pertenecía al pasado, mi química se alteró al instante, provocándome un cosquilleo en el estómago y un temblor incontrolado en la pierna izquierda.

—¿Cómo estás? —preguntó tras un prolongado silencio.

—¿Eso a qué viene? —contesté con fingida naturalidad.

—Perdoná —se excusó.

—¿Para que me llamás? —inquirí, conteniendo las ganas de empezar a las puteadas.

—Quería saber cómo andabas... pienso mucho en vos.

Aquello era más de lo que yo podía aguantar sin calentarme:

—¿Vos me estás embromando?

—Me gustaría verte —dijo, tras una pausa efectista.

—Te repito, ¿vos me estás embromando?

Silvia y yo habíamos vivido juntos durante cuatro años y llevábamos casi tres separados. Recuerdo cómo me gustaba verla llegar a casa después del trabajo, cocinar para ella y contemplarla, apoyada sobre el marco de la puerta de mi despacho, en camiseta y ropa interior, preguntándome si aún iba a tardar mucho en ir a la cama. Yo era feliz en esos días y pensaba que ella también, hasta que una mala mañana encontré una nota suya de despedida en la puerta de la heladera. Necesitaba espacio y encontrarse a sí misma, decía. Cuál no sería mi sorpresa cuando descubrí que ambas cosas pareció hallarlas en la cama del entonces puntero izquierdo de River; un petisito melenudo que se metía por la nariz la mitad de producción de coca de Bolivia y que terminó confinado una larga temporada en una clínica en la Quiaca. De Silvia sólo supe, hasta hoy, que se había ido a vivir al interior, a Paraná o algún lugar de Santa Fe.

—No me guardés rencor, por favor te lo pido... dejame hablar con vos.

—Mirá, nosotros no tenemos nada que hablar. No te guardo rencor, pero no me interesa lo que me tengas que decir, así que, ahora, espero que no me vengás con que tenés cáncer, te estás muriendo y querés irte al otro mundo con la conciencia tranquila...

—No, no es eso... es que expongo en una galería de Palermo y quería saber de vos... ser tu amiga y...

—¿Ser mi amiga? Dejate de joder, flaca —la interrumpí para, a continuación, agregar—: que haya sido cornudo no significa que sea boludo.

—Néstor —un amigo común— me dijo que no tenés pareja.

136

—¿Y?, ¿qué carajo me querés decir con eso?, ¿te pensás que ando tan mal como para querer volver a estar con una turra como vos?

—Sólo quiero verte, tomarnos un café...

—Andá a cantarle a Gardel —le solté, sin miramientos, antes de cortar una conversación en la que no tenía ningún interés.

Instantes después, mi celular volvió a sonar y siguió haciéndolo, a intervalos de cinco minutos, hasta que lo apagué, guardé en un cajón y salí a la calle, sin furia que rumiar, pero con la necesidad imperiosa de contárselo a alguien.

Ejecuciones

A efectos meramente informativos, les diré que me llamo Ariel Benador y les voy a narrar algo que mi padre me contó mediando los ochenta. La historia en cuestión acaeció tiempo atrás en Paraguay, donde mi progenitor desempeñó labores diplomáticas durante varios años, llegando a sus oídos por boca de uno de los personajes implicado en los hechos.

Asunción, mil novecientos cincuenta y muchos. En el despacho del presidente de la filial paraguaya de una gran compañía de automoción alemana, se presenta un individuo de unos sesenta años, de tez cetrina, nariz huesuda, ojos huidizos. y un incipiente encorvamiento de la espalda que potenciaba el aspecto enfermizo de su extrema delgadez.

—Siéntese, querido Hans —le dice el director, un gordo de cabeza bestial y rasurada.

—Sí, señor —responde con humildad el recién llegado.

—Usted sabe, querido Hans, que éstos son tiempos difíciles para nuestra gente... Los norteamericanos y los malditos judíos no paran de acosarnos y debemos ser muy cuidadosos... aunque contamos con la colaboración del gobierno militar, ya sabe que en la política las tornas cambian con rapidez y esta gente no se mueve más que por el interés y las componendas económicas... estos *negros* son así.... Su foto está siendo difundida por todo el mundo y eso no es bueno para la causa y tampoco para esta empresa, que siempre se ha portado generosamente con usted...

—Sí, señor, y se lo agradezco...

—Lo sé, Hans, lo sé... pero nos hemos reunido y pensado que sería bueno que desapareciera por una temporada... no le va a faltar de nada... y cuando la cosa se enfríe un poco, pues entonces...

—Ah, ¿y por qué no fui informado de esa reunión?

—Bueno, no se ofenda, pero creímos que sería mejor no avisarle... usted no sería objetivo... Alemania y el mundo le deben tanto, que queríamos demostrarle, de alguna forma, con hechos, lo orgullosos que estamos de haber servido a sus órdenes.

—Comprendo.

—Abajo, mi querido Hans, un par de hombres le están aguardando para llevarlo a un refugio seguro... y no se preocupe por nada... lo vamos a cuidar.

—Está bien, si así lo quieren los camaradas...

Se despiden, taconeando a la alemana e izando el brazo:

—Heil Hitler.

—Heil Hitler.

En el vestíbulo del edificio, dos tipos de acentuados rasgos arios lo conducen hasta un Mercedes Benz negro estacionado a la puerta.

Esa misma semana, las páginas marginales de los periódicos nacionales informan de la aparición de un hombre ahogado en un tramo del río Paraná, portando documentos en su bolsillo que lo identifican como Heriberto Peralta. La escasa o nula notoriedad de la noticia choca con la anormalidad de otros tres sucesos ulteriores relacionados con ella. Por un lado, la cúpula de la filial de la firma alemana, convocada a la sede de Hamburgo con carácter de urgencia, es renovada por completo. Por otro, un ciudadano alemán, con documentación falsa a nombre de Eladio Valdés, es encontrado, dentro de su vehículo y con múltiples impactos de bala en el cuerpo, a escasos kilómetros de la frontera con Argentina. Finalmente, el responsable de seguridad de la Embajada de Alemania en Asunción muere acribillado en una calle de la capital cuando sale, de madrugada, de un prostíbulo. Los análisis balísticos pertinentes indican que la munición empleada corresponde a una pistola Beretta, de calibre 9 mm., como las que utilizan los profesionales.

Meses más tarde, el Centro Simón Wiesenthal comunica que el cadáver, anteriormente identificado como el de Heriberto Peralta, se corresponde en realidad con el de Hans Meyer Kopf, ex general de las Waffen SS y responsable de las deportaciones masivas de judíos en Hungría (1944-1945).

Chau, flaco

Era uno de esos días calurosos de febrero, en los que el sol pegaba como si le debieran dinero, la camisa se adhería a la espalda y los calzoncillos se arrugaban con terquedad en torno a la parte superior de los muslos. Por las calles apenas transitaban vehículos, el asfalto exhalaba un ligero humo con tufo de alquitrán, y el género humano se protegía tras las persianas de sus casas o al amparo del aire acondicionado de cualquier bar. Así pintaba la tarde cuando mi amigo Enrique Sabán abandonó su domicilio, indiferente a los inhóspitos rigores veraniegos, con su típico andar de mano derecha en el bolsillo y los pies marcando las dos menos diez.

Yo a esas horas estaba sentado en el Café Saigón, que a pesar del nombre pertenecía a un vasco, tomando cerveza, escribiendo cualquier cosa en una libreta y, sobre todo, mirando por la ventana, cuando de pronto vi a Enrique pasar por delante. Enseguida choqué mis nudillos contra el vidrio y le hice señas de que entrara. No es que fuéramos amigos del alma, pero nos conocíamos desde chicos. Los dos vivíamos en el mismo barrio, habíamos sido compañeros en el colegio judío, aunque él iba un grado adelantado, y nuestras familias coincidían a menudo en la sinagoga. Éramos un par de buenos muchachos de la Cole a los que Dios y la vida habían tocado de manera desigual. Enrique había heredado muy joven la próspera fábrica textil de sus padres y, años más tarde, también fue agraciado con una muy importante suma de dinero en la lotería nacional. Para compensar, como si alguien allá arriba, o muy abajo, se sintiera celoso, poco después perdió a su mujer en un accidente automovilístico, con el agravante de que se encontraba embarazada de siete meses. Desde entonces, y ya iba para medio lustro, Enrique parecía regodearse en la autocompasión y en una resignada soledad no exenta de resentimiento, pero no hacia la gente, sino hacia Dios y la vida.

—¿Qué hacés con este calor en la calle? —le pregunté cuando lo tuve delante.

—Nada, salí a pasear... —contestó desganado, levantando los hombros.

—Andá, sentate y tomá algo.

Obedeció y pidió lo mismo que yo, una cerveza.

—Hace mucho que no te veía. Bueno, en realidad, hace mucho que no veo a nadie... ¿seguís escribiendo? —me preguntó.

—Sí, qué remedio... estoy ultimando un artículo para el diario, dándole duro a mi próxima novela y colaborando con un guión de cine... también me salió una cosita para televisión...

—Eeepa, vas a morir de éxito, flaco.

—De éxito no, de agotamiento. ¿Y a vos?, ¿cómo te va con la fábrica?

—Pse, los coreanos nos están jodiendo... a la gente solo parece importarle el precio y no la calidad... todo lo que ellos fabrican son harapos, pero les da lo mismo... fijate cómo va la gente vestida y decime si no da pena.... ahora, hasta los que tienen plata van como crotos... es un desastre.

—Y, sí... —respondí con empatía, comprobando aliviado que, casualmente, ese día yo me había vestido con cierta elegancia.

—De todas formas... poco me importa...

Siguió un silencio breve y difícil, hasta que de repente me preguntó:

—¿Seguís con Sandra?... se llamaba Sandra, ¿no?

—Sí, sigo con ella.

—¿Les va bien?

—Sí —respondí, casi avergonzado.

—No tienen hijos, ¿no?

—Estamos esperando el primero.

—Te felicito.

—Gracias —le dije, sintiendo una punzada de culpa.

Temí que me dijera algo del tipo: «El mío ahora tendría casi cinco», así que decidí cambiar de tema, por temor a sus palabras o a la falta de ellas. Fue justo entonces cuando sonó su celular. Se levantó de la mesa y caminó hacia el fondo del local para hablar. Cuando regresó, al cabo de un minuto, se despidió de mí con un enérgico apretón de manos.

—Me tengo que ir... me alegro de haberte visto —me dijo.

—Yo también.

A través del cristal, lo vi parar un taxi y saludarme con la mano y una sonrisa franca antes de montarse en el vehículo. No sé quién lo llamó ni hacia dónde se dirigía, pero nunca llegó a destino: su taxi fue embestido lateralmente por un camión en un cruce a sólo cuatro cuadras.

Cuando pienso en ese día, no puedo abstraerme de un halo místico, presente en todos mis pensamientos, preguntándome cómo pude yo influir en la pauta seguida por los acontecimientos hasta el fatal desenlace, y el significado de habernos encontrado precisamente aquella tarde, tras años sin vernos. No tengo respuestas. Sólo preguntas, y la imagen de su sonrisa y su mano despidiéndose de este mundo.

Rumbo Sur

En la mañana del 15 de junio de 1923, el médico Edward Murphy, hijo de Nevil Murphy, quien fuera miembro distinguido del Ejército Republicano Irlandés en la guerra anglo-irlandesa (1919-1921), y nieto, por vía materna, del doctor Liam Kilkenny, celebrado autor de *Principles of Anesthesia for Toraxic Surgery*, llegaba a Buenos Aires a bordo del buque mercante *King George*, tras una travesía iniciada en Plymouth y ralentizada por las inclemencias del tiempo y el inesperado óbito del capitán de la nave. Los motivos de su arribo a orillas del Plata siempre quedaron empañados por la bruma y la especulación, barajándose hipótesis de lo más variado. De éstas, quizás la de mayor arraigo sea aquella que le atribuye un amor imposible con una prima hermana, que, según se cuenta, terminaría casándose con el hijo de un parlamentario británico, y trasladándose a vivir a Londres.

Edward, como buen irlandés, era un tipo alto y cargado de hombros, tenía una cara ancha salpicada de pecas, la nariz puntiaguda, y peinaba un rebelde cabello pelirrojo. Sin embargo, y por razones que se escapan, de ahí en lo sucesivo sería coloquialmente conocido como el Polaco, aun cuando, para mimetizarse con el nuevo paisaje, mutara su nombre por el de Evaristo Mondragón, se tiñera el pelo de negro y dejara crecer un poblado bigote.

Se supone que el Polaco debió de llegar de Irlanda con algún buen dinero, porque, a las pocas semanas de su desembarco, compró una casa en el barrio de Balvanera, en la que habilitaría un consultorio. La propiedad era relativamente grande, de estilo francés, y constaba de dos puertas de acceso: una primera que daba a la calle, y otra, más discreta, a la que se accedía atravesando un zaguán. De este modo, uno podía ingresar en la vivienda sin pasar por la consulta, y viceversa.

La modesta barriada, a dos pasos de la calle Corrientes, estaba conformada en aquel entonces por gente sencilla, inmigrantes de todas las procedencias, desde armenios hasta judíos, pasando por eslavos, alemanes, italianos o españoles, que continuaban llegando a la Argentina escapando de persecuciones o atraídos por oníricas perspectivas de un rápido enriquecimiento. En semejante contexto, de vida dura y ganancias exiguas, costaba mucho progresar. Quizás por eso, o tal vez por razones más oscuras y que tienen que ver con la compensación de sus sufrimientos pasados, el Polaco se comenzó a relacionar con gentes de pésima reputación; polacos de verdad que se habían asociado en torno a una organización llamada Varsovia, más tarde conocida como Zwi Migdal.

Si bien no queda del todo claro el papel del doctor Mondragón en los inicios de su colaboración con esta banda de proxenetas, resulta aceptable razonar que debió de ocuparse de la interrupción de embarazos no deseados y demás aspectos relacionados con la profilaxis sexual de las pupilas. De lo que caben pocas dudas es de que tuvo que ser muy eficiente en su tarea, porque, ya a mediados de 1924, la policía maneja un importante dossier sobre el personaje, resaltando dos hechos singulares: que en tan breve espacio de tiempo se granjeara la estima del mismísimo Noé Trauman, con quien se le veía frecuentemente por los cafés de Talcahuano, Junín y Libertad, y que le llamaran el Polaco, cuando su documentación lo identificaba como Evaristo Mondragón, médico de profesión y nacido en Buenos Aires de padres vascos.

El doctor Mondragón, o el Polaco si se prefiere, se enriqueció muy deprisa. En el transcurso de pocos años, adquirió varios inmuebles en la ciudad, una quinta a las afueras, y le gustaba pasearse a bordo de un Ford último modelo manejado por un chófer filipino (las malas lenguas los llegaron a vincular sentimentalmente). Se tiene también constancia de que realizó numerosos viajes al interior del país, a Rosario y otras localidades de la provincia de Santa Fe, donde el grupo regentaba una red de burdeles, e incluso hubo quienes lo vieron asistiendo al *remate* de mujeres en algún hotel de mala muerte.

Así siguieron las cosas hasta que, en 1929, una prostituta, Ruchla Laja Liberman, la Polaquita, denunció a la Zwi Migdal ante la justicia. A pesar del enorme poder de la organización, y los pagos que ésta realizaba desde mucho tiempo atrás a policía y miembros de la judicatura, el juez Manuel Rodríguez Ocampo investigó la denuncia, ordenando el allanamiento de la sede de la banda el 30 de mayo de 1930 y decretando el ingreso en prisión preventiva de numerosos miembros del clan mafioso. Para entonces, el Polaco llevaba varias semanas huido en Uruguay, de donde ya no regresaría, y donde su cadáver sería descubierto, cuatro meses más tarde, sobre la arena de la playa de Carrasco, cosido a puñaladas y con documentos falsos a nombre de Norberto Varela, natural de la provincia argentina de Córdoba.

Notificadas sin premura las autoridades argentinas, se identificó al finado como el doctor Evaristo Mondragón, dirigiéndose las hipótesis de la investigación hacia un seguro ajuste de cuentas a cargo de sus antiguos socios. Por su parte, la policía uruguaya se decantó por una acción de la mafia marsellesa, que veía como una amenaza el desembarco, en aquella orilla del Plata, de sus competidores porteños. Sea como sea, el crimen nunca fue esclarecido, y el cadáver fue enterrado en una fosa anónima, sin honores, flores ni asistentes, en un cementerio del que hoy ya nadie se acuerda.

Psicoloca

Era un martes por la mañana. Se acercaba el mediodía, y yo estaba a punto de abandonar las correcciones de una antología de cuentos que andaba preparando (sería publicada apenas dos meses más tarde, bajo el título *Los boulevares rojos y otros relatos*, por Bialik Editores), cuando sonó el teléfono. Me levanté y alcé el auricular.

—¿Hola?

—¿Guido Finzi? —preguntó una voz femenina.

—Sí, soy yo. ¿Quién habla?

—Usted no me conoce. Soy la doctora Leibovich, Amanda Leibovich —declaró, tras lo cual hizo una pausa, dando lugar a un silencio contundente que venía a confirmar mi ignorancia sobre su identidad—; soy la terapeuta de Gabriela Puig —añadió finalmente.

—Ah, qué interesante —exclamé, con un punto de ironía.

Por mi mente pasó fugazmente el recuerdo del año pasado con Gabriela. Mantuvimos una relación complicada desde el principio, hasta que, cansado de sus incoherencias, corté por lo sano y la borré de mi vida. De esto no hacía ni un mes, y aunque mentiría si dijera que no me afectó la ruptura, la decisión tomada supuso para mí una enorme liberación. Nos habíamos conocido un año atrás, en Mar del Plata, donde ella residía y donde yo había ido a rematar una novela, aprovechando la oferta de mi amigo Mauricio de servirme de su casa para tal cometido. Por esas cosas del azar, o del determinismo, ambos coincidíamos a menudo en la cervecería Mainz, donde intercambiábamos miradas y vergüenza hasta que un día, animado por una canción de los Rolling que sonaba en el local, y tres cervezas grandes, me acerqué a hablarle. Enseguida me di cuenta de que sufría grandes carencias afectivas, y la alenté a que me contara su vida. Me contó, entre otras cuestiones de menor significancia, que estaba divorciada desde hacía un año, que se dedicaba exitosamente a la fotografía artística (un milagro en cualquier parte del mundo, pero aún más en la Argentina), y que pertenecía a una familia donde el dinero sobraba desde hacía varias generaciones, al igual que las ideas rancias y la intransigencia hacia todo aquel que no fuera como ellos.

—Mire, señor Finzi, da la casualidad de que ando en Buenos Aires y me preguntaba si podríamos encontrarnos un rato y charlar —inquirió la doctora, haciendo caso omiso de mi burlona observación.

—¿Charlar de qué? —me hice el boludo.

—Le voy a ser sincera: Gabriela está muy mal... pero es algo delicado para tratar por teléfono... preferiría hacerlo en persona.

—No sé, la verdad es que tengo mucho trabajo y... —intenté excusarme, sin demasiado convencimiento.

—Le robaré poco tiempo... —se adelantó antes de que yo terminara mi frase.

—Está bien —claudiqué—; dígame un lugar y una hora.

—¿Qué tal le vendría a las cinco en El Cisne, en Tucumán y Suipacha?

—O.K., allí estaré. Llevaré un libro bajo el brazo, para que me reconozca —bromeé.

—No se preocupe, sé qué aspecto tiene —me dijo, haciéndome pensar que la chitrula de Gabriela no sólo le habría enseñado alguna foto mía, sino que vaya a saber qué cosas no le habría contado.

Al colgar, me quedé unos instantes sonriendo como un tarado ante lo bizarro de la reciente escena. El asunto —pensé— incluso tenía su gracia: esto de que te llamara la loquera de una ex novia y te citara para hablar era más propio de una película de Woody Allen que de la ordinaria realidad cotidiana.

Cuando a las cinco en punto entré en El Cisne, y aquella mina, que aparentaba poco más de treinta años, se me acercó apenas traspasé la puerta, no podía creer que fuera la doctora Leibovich. Yo esperaba encontrarme a una mujer de mediana edad, con aspecto severo, anteojos y vestida con un traje sastre. En cambio, tenía delante de mí a una chica que vestía *jeans*, llevaba una camisa blanca por fuera, calzaba unas Adidas y además estaba muy buena: una eficaz mezcla entre el estilo de Gianna Nannini y el físico de Marisa Tomei, para que se hagan una imagen más clara.

Tras presentarnos formalmente con un apretón de manos, pedimos café para los dos y tomamos asiento a una mesa apartada del bullicio de la entrada.

—Mirá, voy a ir al grano —anunció, tuteándome—: Gabriela anda mal, y necesitamos que la ayudes.

—¿Necesitamos? ¿Quiénes?

—Todos los que la queremos. Bueno, en realidad no todos, sino su hermana Marcela y yo.

—Ah, entiendo... Mirá, la verdad es que no le deseo nada malo, sino todo lo contrario, pero ya no es de mi incumbencia lo que le pase o deje de pasar. Y tampoco me cierra que vos, como terapeuta, te impliqués de esta forma. ¿Es una nueva tendencia psicoanalítica?, ¿o es que en realidad sos la encargada de la rotisería de la esquina y le querés echar una mano a sus viejos porque te compran los ravioles todos los domingos?

Amenazó con reírse, pero optó por mostrarse ofendida, fulminándome con la mirada y mordiéndose la lengua para no contestarme como me merecía:

—A mí me importa su mejoría, y me da igual si tengo que saltarme la ortodoxia profesional para lograrlo.

—Ya lo veo... y decime, ¿qué pinto yo en todo esto?

—Gabriela te quiere, y como vos no la correspondés, se siente deprimida. Ha dado un bajón tremendo, no tiene ganas de nada, y se la pasa pensando en lo estúpida que fue al dejarte escapar. Tuvo miedo.

—Yo ya me cansé de sus ridículas paranoias y sus temores. Me las banqué cuando éramos novios, o lo que quiera que fuéramos, pero ahora ya no. Nunca entendí por qué, cuando estábamos juntos, siempre éramos tres: ella, yo, y en medio la culpa...

—Te lo explico: ella fracasó en su matrimonio con su novio de toda la vida. Un tipo parado, opaco, amargado que le ofrecía una vida de rutina, carente de pasión y apática. Para su mayor desgracia, vos sabés que ella pertenece a una familia muy conservadora y creyente, que prefería verla infeliz que soportar el agravio de su divorcio. ¡Tres años le costó a Gabriela tomar esta decisión! Así que imaginá lo que pasó y hace cuentas: diez años de casada, y los tres últimos preparando la separación; o sea, siete de puro infierno. Y encima los suyos, lejos de ayudarla, la culpan a ella del fracaso. Por eso fue que le daba miedo tener una relación seria con vos. Era demasiado pronto, y fue necesario que le faltaras para que se diera cuenta de cómo eran en realidad las cosas.

—Ahora va a resultar que la culpa es mía...

—No, no es tuya, pero tenés que ayudarla... llamarla por teléfono, escribirle algo... no sé, por lo menos ser su amigo y no alejarte radicalmente de ella.

—No, mirá, acá la terapeuta sos vos, y si no podés sacarla de esto, derivala a otro colega, pero a mí dejame vivir. Yo ya pasé lo mío con ella, y no quiero volver a pasarlo. Mi primera responsabilidad es para conmigo mismo, y no voy a hipotecar mi vida atándome a una mina inestable con un pack de patologías a cuestas. A mí edad, ya no estoy para boludeces.

—¿Entonces?

—Entonces nada —sentencié, encogiéndome de hombros y poniéndome seguidamente en pie para marcharme.

—¿Así que, en lugar de ayudarla, te vas a escapar?

—Pues sí. Como dice el refrán: soldado que huye, sirve para otra guerra. Y ahora me voy, porque, para mí, la vida sólo tiene camino de ida, no de vuelta. Saludá de mi parte a Gabriela, y que les vaya bien.

—A vos tampoco —replicó, enojada.

Salí por la puerta y encendí un cigarrillo, contento de haber dejado huella en una mina. Lástima que, para no variar, volviera a ser otra loca.

Incongruencias

Sé que nada vuelve atrás, que la vida siempre es diferente, pero, a pesar de todo, no dejo de añorar el pasado. Cuanto más pasa el tiempo, más culpable me siento; lleno de remordimientos y mala conciencia por mi comportamiento hacia ella. Para los demás, yo soy un hombre libre que no necesita a una mujer porque únicamente se conforma con varias, alguien que huye de las responsabilidades, las cargas, reniega de los lazos sentimentales duraderos y tiene alergia a las rutinas en que los demás se perpetúan. Sin embargo, aunque lo niegue en público, en mi interior no me resigno a la pérdida de Silvia, ni sé por qué la dejé. Mis justificaciones no pasan de conformar un cóctel de débiles y absurdas causas, que van desde dejarme llevar por una personalidad egoísta y mimada por la vida, hasta la divergencia entre sus sueños y mis dudas, pasando por cierto afán autodestructor que anida en mi subconsciente.

Recuerdo que pensaba que ella me perseguiría de un modo obsesivo, llamando por teléfono a diario, siguiéndome por la calle y acudiendo a los amigos comunes para que actuaran de intermediarios. ¡Qué iluso! Silvia no sólo no hizo nada de lo previsto, sino nada en absoluto, y ahora, aparte de mis inseguridades y la culpa, tengo que bancarme el saber que mi paso por su vida no le dejó huellas profundas, y que su existencia no se fracturó tras nuestra ruptura. Quizás justo por eso, por sentirme frustrado y herido en la vanidad, son frecuentes las mañanas en que me levanto con el ánimo de agarrar el teléfono y llamarla. Pero nunca lo hago, siempre lo dejo para otro día, el siguiente, el que nunca llega. Mientras, sobrellevo mi neurosis como puedo, a base de alcohol, pastillas multicolores y mujeres jóvenes con tetas grandes y sin historia. Es lo más fácil, el modo menos lastimoso de esquivar lo que todos esperan que haga y yo no me atrevo a hacer: dejar de ser un estúpido para convertirme en un hombre decente.

H de histérica

Como ya viene siendo un hábito en estos tiempos, nos conocimos por Internet. Ella tenía un blog, yo otro, y una tercera persona hizo de mensajero del azar. Desde entonces, desde aquella tarde en que Elena me dejó un primer comentario en no recuerdo qué post mío, no dejamos de comunicarnos casi ni un solo día. Al principio, comentábamos nuestros textos, pero, casi inmediatamente, y ante la insuficiencia que nos provocaba ese simple intercambio, nos pasamos también al chat y, poco después, al teléfono. Recuerdo que fue ella quien me pidió mi número, y yo no dudé ni un instante en dárselo. Llegados a este punto, los blogs y el chat perdieron automáticamente protagonismo, y el móvil se convirtió en una herramienta indispensable para ambos. Sobre todo, porque nos separaban seiscientos kilómetros y cada día teníamos más cosas que contarnos; desde qué comíamos o leíamos hasta temas de mayor intimidad, como describir las manías que arrastrábamos, nuestras filias y fobias, o confesar sin pudor las realidades cotidianas y anhelos personales. Así, en el transcurso de poco más de un año, supe de ella que tenía treinta y seis años, estaba separada, pero no divorciada, su color favorito era el azul marino, le gustaba el vino blanco, el té verde y el cine negro, los perros mestizos, las azaleas, los Rolling y los bolígrafos Bic. Por el contrario, detestaba a los que comían los croissants con cubiertos, a los que escupían en la calle, a los maltratadores (de género y de animales), el café, y a los moralistas.

A pesar de que Elena y yo nos contábamos prácticamente todo, y de que sentíamos una dependencia creciente de escucharnos a diario y saber el uno del otro, íbamos dilatando el momento de encontrarnos cara a cara, como si temiéramos las consecuencias de un hecho del que sabíamos que no saldríamos impunes. Hizo falta un suceso, en apariencia inocuo, como un viaje que hice a Italia con mi amigo Marcelo Carnavale, para que cayéramos en la cuenta de que nos necesitábamos más de lo que creíamos. La separación y el déficit de comunicaciones había puesto en evidencia una imprevisible vulnerabilidad cuyo alcance ignorábamos.

Nada más regresar, las conversaciones se volvieron mucho más hondas.

La revelación mutua de lo que nos habíamos extrañado en esos días nos provocó una incontenible efervescencia emocional. Elena, más decidida, tuvo la feliz idea de invitarme a su casa a pasar el fin de semana. Esperé ansioso el paso de los días, y el sábado, a las seis en punto de la madrugada, yo iba en mi coche rumbo al sur, con Calamaro sonando a todo volumen y el ánimo estimulado por gozosas especulaciones.

Apenas pasaban de las once cuando estacioné frente a su edificio; una de esas construcciones de finales de los ochenta en las que se combinaba sabiamente el mármol con el ladrillo, los balcones tenían un tamaño decente y los amplios portales albergaban sillones, cuadros modernistas y paredes revestidas de madera. Llamé impaciente al timbre y subí por el ascensor hasta el noveno, desde donde, como descubriría al rato, se divisaba el estadio de fútbol, la catedral y casi toda la ciudad.

—Eres igualito que en la foto de tu blog —fue lo primero que me dijo, con la puerta entreabierta, y mirándome con una amplia sonrisa dentífrica.

—Es que yo engaño poco...

Me hizo pasar y me condujo al salón, donde había dos grandes sofás de cuero blanco haciendo una ele. Nos sentamos y nos observamos unos instantes con atención y simpatía, confirmando que la imagen que teníamos delante se correspondía con la que guardábamos en la mente.

—Te has lavado el pelo hace un rato, ¿no? —pregunté, fascinado por la esponjosidad con que se balanceaba su cabellera cada vez que se movía, y por decir algo que me permitiera distraer el cosquilleo que sentía en la boca del estómago.

—¿Se nota mucho?

—Nooo, sólo si uno mira.

Intercambiamos unas cuantas frases más sobre cómo había sido el viaje, las previsiones meteorológicas para las próximas horas, y una película de Scorsese que pasarían esa tarde por TV, antes de que me mostrara el resto de la casa:

—Aquí está la cocina... un baño... otro baño... mi habitación... esta que tengo para guardar los libros y que uso de despacho... y esta otra, que es donde vas a dormir tú —sentenció antes de regresar al salón de nuevo.

—Ajá —asentí—, muy lindo todo, lo tenés decorado con mucho gusto —añadí, sin quitarme de la cabeza la posibilidad de dormir en el cuarto de invitados en vez de en su cama, pero sin alarmarme, ya que lo consideré un comentario fruto de la timidez, el decoro, y no del convencimiento o la premeditación.

Antes de bajar a la calle, a comer a un cercano restaurante italiano, me di una ducha, cambié de ropa, y tomamos un martini en el balcón, donde hablamos como si nos hubieran dado cuerda, evitando caer en silencios peligrosos y yo eludiendo mirarla a los ojos más de lo imprescindible, no fuera que no pudiera controlar mis impulsos y termináramos demorando el almuerzo. «Ya habrá tiempo después», pensé, convencido. A la salida del restaurante, ya estábamos mucho más relajados. No sólo habíamos conversado largo y tendido, sino que también el chianti nos había dado un empujoncito para quitarnos la vergüenza de encima. Pero sin excesos, porque yo pensaba que a la hora de la siesta nos daríamos nuestro primer revolcón, y no quería que el alcohol me dejara en mal lugar. Sin embargo, las cosas no salieron como pretendía y, mientras yo me metía en el baño para cepillarme los dientes, ella se quedaba dormida en uno de los sofás. La tapé con una manta de viaje que tenía al lado y me fui a echar una cabezadita al cuarto de invitados, con la esperanza de que se despertaría antes que yo y vendría a hacerme una visita. Desperté un par de horas más tarde, y ella continuaba durmiendo como un lirón, roncando ligeramente y completamente destapada. Volví a taparla y salí al balcón. Me puse a mirar el paisaje urbano y me animé pensando que, con lo descansada que quedaría, iba a rendirme luego por la noche.

Por suerte, no tardó mucho en abrir los ojos y, al hacerlo, me invitó a sentarme junto a ella.

—Uy, casi se nos pasa la película —exclamó en cuanto estuve a su lado.

Encendió el televisor y pasamos las siguientes dos horas viendo las evoluciones mafiosas de De Niro, Joe Pesci y Sharon Stone. «Menos mal que no es una película española», me consolé, mientras la tarde languidecía y todavía no habíamos tenido sexo.

Sin darnos cuenta, llegó la cena, y preparamos una ensalada y una pizza de esas congeladas, que enriquecimos con mozzarella extra, orégano, guindilla rallada y unas anchoas. Cenamos en la cocina y regresamos al salón para tomarnos un té verde. Yo miraba disimuladamente mi reloj a cada rato, preguntándome con aprensión cuándo íbamos a salir de esa inofensiva dinámica de amigos. Fue justo entonces cuando ella se recostó apoyando su cabeza sobre mis rodillas, mientras el equipo de música reproducía un CD de Paul Mc Cartney. Paciente, comencé a acariciarle el cabello, con suavidad, deslizando mis dedos por su cuero cabelludo desde la frente a la nuca, aguardando una reacción de ella que desatara la pasión. No sé cuánto tiempo estuvimos así, pero yo ya estaba más que harto del ex Beatle, y sobre todo de esperar que Elena me diera una señal certera de que sus deseos eran los mismos que los míos.

—Cuando tengas sueño, me avisas, y te doy las sábanas para que te hagas tu cama —me dijo de pronto.

Me quedé pasmado al oírla, y una corriente de súbito pavor se apoderó de mí. Para remediarlo, mandé a mi cerebro una serie de frases que me tranquilizaron de inmediato: «¿Me lo estará diciendo en serio?». «No, boludo, no te preocupés, que ahora es cuando añade: Pero si lo prefieres, puedes dormir conmigo...»». «Esperá un poco, que seguro que no es lo que parece». «Escuchaste mal, flaco»...

—Debes de estar cansado del viaje, así que cuando quieras ir a dormir, no tienes más que decírmelo... —volvió a la carga, anulando mi fugaz terapia de autoengaño.

—Sí, sí, yo te aviso —respondí como un autómata, sin saber exactamente qué es lo que me estaba diciendo.

«¿Me estaría poniendo a prueba, o de verdad es que no íbamos a echar un polvo esa noche?». Me asustaba la pregunta y, sobre todo, la falta de una respuesta palpable, por lo que no sabía muy bien qué hacer. Lo único que se me ocurrió fue seguir con el masajeo de su cabeza con una mano y deslizar la otra por su cuerpo, a ver qué pasaba.

—Eh, eh, esa mano —me advirtió cuando llegué a uno de sus pechos.

La retiré sin rechistar, y dejé pasar unos pocos minutos antes de inventarme que me sentía agotado y quería irme a dormir.

—Ay, chico, no encuentro las sábanas —me gritó desde el pasillo, donde se afanaba en buscar dentro de un armario—. ¿Sabes lo que te digo?, que duermas conmigo, que es tarde y no tengo ganas de ponerme a sacar cosas.

—Vale, vale —respondí a su propuesta, pensando en lo rebuscadas que son algunas minas, sobre todo las histéricas. «Parece porteña».

Me acosté en calzoncillos y con una camiseta de manga corta, mientras ella entraba en el cuarto de baño.

Imaginé que saldría con alguna sugerente lencería, pero volví a equivocarme. Se metió en la cama con un pijama que la tapaba desde el cuello a los tobillos, apagó la luz, y se abrazo a mí, apoyando su cabeza sobre mi pecho.

«No me jodas que empezamos otra vez con las mariconadas del hombre sensible y todo eso». «No, esto no me puede estar pasando a mí». «Esto es mi mente, que me está jugando una mala pasada». Pero no, no era mi mente, sino la jodida realidad. Y sí, justo eso es lo que ella quería, porque enseguida me soltó:

—Necesito mimos... que me abracen y me digan que soy guapa, y lista y...

—Está bien, flaca, ¿te lo digo y echamos un polvo?

—Yo no echo polvos, yo hago el amor.

—Lo que vos digas.

—Es que no puedo... ya sé que te parecerá una tontería, porque llevo más de un año separada, pero me siento como si le estuviera poniendo los cuernos a mi marido, ¿sabes? Yo necesito que me des tiempo, no puedo hacerlo con alguien a quien acabo de conocer.

—Te recuerdo que nos conocemos desde hace un año, y en este tiempo hemos hablado más que la mayoría de los matrimonios que conozco...

—Ya, sí, pero no nos habíamos visto hasta hoy...

—Ajá —dije, por decir algo, porque yo no tenía ganas de hablar ni fomentar su representación histérica.

—Podemos besarnos y acariciarnos si quieres —planteó, mientras se desprendía de la parte de arriba del pijama.

—Ajá —repetí sin pensar, y en un afán de no analizar sus palabras.

Por la mañana, me desperté tarde, tomé una ducha y desayuné rápido, esbozando forzadas sonrisas que no evidenciaran mi frustración. Aparte de eso, de disimular, tenía ganas de agarrar el coche y regresar a Madrid, así que no me demoré en discutir lo sucedido durante la noche. Ella insistía, pero yo no estaba para coloquios. Hice unas cuantas bromas al respecto de lo ridículo de la situación, y me despedí. Para mi sorpresa, se despidió de mí besándome en el ascensor, en lo que parecía un arranque de pasión más propio de un preámbulo que de una despedida.

—Llámame cuando llegues, así me quedo tranquila.

—Claro —contesté.

Todavía está esperando.

Verónica

Verónica me gustaba, pero yo no estaba enamorado de ella. Si bien llevábamos casi un año manteniendo una relación cómoda, de encuentros espaciados y ausencia de responsabilidades, de a poco, lo nuestro se fue transformando en algo más, trascendiendo del mero sexo y llevándonos a compartir experiencias propias de parejas al uso. Íbamos a menudo al cine, al teatro, salíamos a cenar fuera, paseábamos por las ferias de libros, corríamos por el parque y nos intercambiábamos regalos, pero yo seguía sin amarla. Por eso, porque no la amaba, y porque los acontecimientos se venían sucediendo en una progresión que nos hacía parecer novios, empezó a aquejarme la culpa. A fin de cuentas, y por mucho que lo negara, yo no era más que un tipo cuyo plan existencial pasaba por casarse, tener hijos, un perro, un jardín con flores, y hacer asados los domingos. O sea, el típico fruto de una educación tradicional, y, como tal, padecía de cierto sentimentalismo de solterón que se me iba acusando con el transcurrir de los años. Sin embargo, y para hacer honor a la verdad, yo también pensaba en ella. Temía que se desilusionara, que le diera por imaginar un futuro en común que para mí estaba fuera de cualquier consideración. Así que una tarde decidí llamarla y poner fin a nuestra historia. No quería que sufriera. Tenía que decirle que no podía corresponder a su amor, y que se merecía a alguien que la quisiera de verdad e hiciera feliz.

La cité a las siete y media en un bar cercano a mi casa, un bolichito en Talcahuano al 1.000 llamado La Perla, donde a veces acostumbrábamos a tomar algo antes de subir a mi departamento. No mostró curiosidad alguna por el motivo de la convocatoria y se presentó con su acostumbrada puntualidad suiza. Yo, fiel a mis hábitos, llegué al bar con unos minutos de adelanto, y la esperé sentado en una de las mesas más alejadas, aunque ninguna lo estaba suficientemente de un televisor encendido.

Como suele suceder en estos casos, ese día Verónica estaba particularmente linda, con una remera ajustada que alguna vez fue negra y que, a fuerza de lavados, había adquirido un color gris oscuro, y unos *jeans* gastados que le sentaban como un guante. Me saludó con un beso en la mejilla y tomó asiento, pidió una cerveza al mozo y, sacando un paquete de cigarrillos de su bolso, empezó a fumar con desgana. Después de hablar de pavadas del tipo ¿qué tal en el laburo?, parece que va a llover, y otras naderías parecidas, por fin me armé de valor para encarar el asunto:

—Mirá, Vero, vos sabés que yo te aprecio y que me caés muy bien, ¿no? pero... uff, no sé cómo decirte esto...

—Me estás asustando, Guido, ¿no me digás que tenés sida?

—¡Qué voy a tener sida, dejate de joder! Lo que quiero decirte —y acá me lancé— es que no podemos seguir con lo nuestro.

—¿Lo nuestro? —preguntó, sorprendida, arqueando las cejas—; ¿qué es lo nuestro?

Ahí el sorprendido fui yo, pero Verónica me sacó inmediatamente cualquier duda de encima.

—Que yo sepa, quedamos para coger, ¿no? Lo que no quita para que vayamos a cenar o ver alguna obra, película o comprar libros.

—Claro, claro —asentí.

—Un momento... ¿no me digás que vos te pensabas que...? —inquirió, tras mirarme unos instantes, como para adivinar si yo era tonto o me lo hacía.

—No, no, por favor, ¡qué voy a pensar! —la interrumpí, por no escuchar lo que iba a decirme, y que me haría sentir mal conmigo mismo por haber sido tan pelotudo—; de todas formas, creo que va siendo hora de que pongamos fin a esto, ¿no te parece?

—¿Es que tenés alguna mina a la vista? —quiso saber, con un interés que me pareció nada fingido.

—Sí —mentí—, hay una mina con la que a lo mejor empiezo algo.

—Te felicito —dijo, apretándome la mano—; che, ¿qué te parece si subimos a tu departamento y echamos un último polvo de despedida? Es lo mínimo, ¿no?

Cuando Verónica se marchó de casa era noche cerrada, pero no quiso que la llevara en mi auto a la suya, ni que tan siquiera la acompañara al portal, así que nos despedimos arriba, en la puerta de mi departamento, dándonos un abrazo, un fugaz beso y deseándonos lo mejor.

Apenas me quedé solo, comencé a sentirme apesadumbrado. Aun cuando no había habido ningún dramatismo en el desenlace, tampoco me gustó comprobar cómo mis suposiciones sobre sus sentimientos hacia mí eran del todo erróneas. Pero lo cierto es que no podía quejarme; un comedido golpe a la línea de flotación de mi ego era un precio llevadero, que, además, me exoneraba de cualquier sentimiento de culpa. Lástima que dos días más tarde, en el transcurso de una charla informal con el portero del mi edificio, éste mencionó algo que yo no podía imaginar y que echó por tierra mi sensación de alivio.

Me dijo que esa noche había visto a Verónica salir del ascensor y pasar a su lado sin saludarlo, cosa que le sorprendió, ya que era una chica muy simpática. Se la quedó entonces mirando y, a través de los cristales de la puerta, vio cómo ella se apoyaba en un árbol, seguramente en espera de un taxi, y se largaba a llorar. En aquel momento dudó si salir a consolarla, pero lo pensó mejor y no quiso pecar de indiscreto, demasiados porteros chismosos hay hoy en día, como para andar él aumentando la lista.

Le agradecí la información y le tiré unos mangos para que se tomara algo o llevara a su mujer al cine. Después, subí a casa y me tumbé en la cama con el deseo de dormir, de no pensar, pero no pudiendo evitar que un pensamiento único me martillara la cabeza hasta que me venció el sueño: «Y ahora, decime; ¿con quién vas a coger, infeliz?».

Sobre el Zurdo Villalta

Berruti se unió al grupo, formado por don Jaime, Fernández el joven (para diferenciarlo de su padre) y un sesentón llamado Ortega. El domingo se estaba apagando, y el cuarteto ocupaba una mesa del fondo, tomando cerveza y escuchando las historias que narraba el viejo. A éste le gustaba contarlas, y a los otros escucharlas.

—¿Así que usted no sabe quién fue el Zurdo Villalta? —preguntó don Jaime, dirigiéndose al más joven—; ¿qué les parece? —añadió, mirando al resto con una sonrisa.

—A mí me parece que el pendejo ni había nacido —terció Berruti, atento a la reacción de Ortega, que se limitó a mover la cabeza.

El anciano se quedó callado unos instantes, llenó los vasos que estaban vacíos y prendió un cigarrillo antes de arrancarse, con lentitud, mientras entrecerraba los ojos para atraer mejor los recuerdos:

—El Zurdo Villalta era un morochito originario de una villa miseria cercana a Ciudadela. Uno de tantos pibes sin más futuro que sobrevivir día a día en medio de un entorno sumamente hostil, donde la pobreza era un mal menor comparado con otros como la violencia perpetua o el abandono. En su caso particular, tuvo que aguantar a un padre maltratador que los fajaba a todos, no sólo a la madre, y que una mañana desapareció para no regresar nunca. Casi fue una bendición, si no llega a ser porque, a partir de ahí, el Zurdito tuvo que madurar de golpe y hacerse cargo de su vieja alcohólica y tres hermanos más chicos. Imagínese, con once o doce años y semejante panorama existencial, lo que no hubo de hacer para sacar adelante a los suyos: robó, traficó con drogas, se prostituyó y quién sabe qué más... Afortunadamente, el pibe era un mago con la pelota en los pies, y una santa tarde el destino le hizo un guiño inesperado que cambiaría su vida: quiso que el ayudante del director técnico de Vélez pinchara una rueda justo delante del potrero donde el Zurdito estaba jugando un partido con los amigos. El flaco se quedó tan impresionado al verle, y mirá que la situación era más propicia para cambiar la rueda rápido y salir rajando de ahí que cualquier otra cosa, que al rato se acercó a hablar con él. Los términos de la charla sólo los supieron ellos, pero, a la semana, Villalta ya entrenaba con las divisiones inferiores de Vélez. A partir de entonces, empezó a subir como un tiro, y con apenas dieciseis años debutó en primera, marcando un gol a Huracán, en cancha de este último. Después vinieron los buenos contratos, la guita y, finalmente, terminó recalando en uno de los grandes: en River, de donde, apenas llegado, lo convocaron para jugar con la selección nacional. Como el sueño americano, pero en el culo del mundo, ¿vio? Y no era para menos, porque yo, que lo vi jugar, le puedo asegurar que Villalta era un virtuoso del balón, y eso que el físico no lo acompañaba mucho. Más bien nada; petisito, chueco, poquita cosa, pero rápido como el correcaminos...

—¡Y cómo gambeteaba el guacho! —intervino Ortega—; el tipo hacía siempre la gambeta por el mismo lado, pero, aun así, no había forma de pararlo. Le tenías que dar con un caño... Para mí, fue uno de los mejores extremos izquierdo que tuvimos nunca en la Argentina.

—¿Se acuerdan de aquel gol que le metió a los brasileros del Santos tirando de chanfle casi desde el córner? —preguntó, entusiasmado, Berruti.

—Y, claro, cómo te vas a olvidar de algo así... ¡Esos goles se ven solo una vez en la vida! —respondió don Jaime—. ¿Y qué me cuentan del que le metió a los yoruguas en una Copa América, agarrándola casi de media cancha y sacándose de encima a cuanto oriental le salió al paso hasta tirársela por arriba al arquero?

—¡Fue espectacular aquel golazo! Para que luego salte el boludo de turno y te diga que antes los goles eran en blanco y negro. ¡En blanco y negro las pelotas!, ya me gustaría ver a estos tilingos de hoy, que juegan engominados y llenos de tatuajes, metiéndola como Villalta y los de su quinta... —dijo Ortega.

—Tenía que haberlo visto, joven —retomó la palabra el viejo—; ¡qué fenómeno! Hubiera pasado a la historia por la puerta grande si lo hubieran respetado las lesiones... pero la suerte se le volvió en contra, y con ventisiete años se tuvo que retirar por problemas de rodilla. Tenía una dolencia crónica que, a cada paso, lo estaba apartando de la cancha, hasta que no tuvo más remedio que dejar el fútbol. Desde ahí, le fue todo como el culo, y terminó en la ruina más absoluta. Para empezar, antes no pagaban las barbaridades que ahora, ¿vio?, y también se gastó un montón de plata en abogados, porque sus hermanos entraban y salían de la cárcel a cada paso. Súmele a esto los constantes asados que hacía para los villeros, más lo que se gastó en vicios, y es fácil de entender por qué terminó en la miseria en pocos años.

—Y... cuando no hay cabeza, no hay nada que hacer —apuntilló Berruti—; ya se sabe cómo son estos negros.

—Sí, pero nadie se imaginaba que iba a tener tan trágico final... —adelantó Ortega.

—¿Qué pasó?, ¿cómo terminó? —preguntó ansioso Fernández, el joven.

—Terminó muy mal, peor de lo que cualquiera hubiera pensado. Resulta que, como venía contando, el morocho se arruinó, y volvió a meterse en la prostitución; al principio como puto medio de lujo, aprovechando el tirón de la fama que aún mantenía, pero de a poco se fue hundiendo en la sordidez, para acabar alquilándose en los parques, autos o cualquier miserable estación de microbuses. Dicen que se drogaba mucho, y puede que tengan razón. Yo lo me crucé un día por Santa Fe y daba lástima verlo: llevaba unos *shorts* cortos de color amarillo canario, una remera rosa, y el pelo largo, desprolijo, teñido de un rubio apagado. Tenía los labios mal pintados, y al darse la vuelta, me fijé que en la coronilla tenía una pelada tipo fraile que a duras penas conseguía disimular... Estaba muy avejentado y aparentaba como cincuenta años, aunque no tuviera más que treinta y monedas.

—¿Y don?, ¿entonces qué pasó? ¡Cuente, cuente! —urgió nuevamente el muchacho.

—Dígame, joven, ¿usted para todo es tan impaciente? Mire que el apuro, para algunas cosas, no es nada bueno...

—Vamos, don Jaime, no se me vaya por las ramas...

—Está bien, está bien, no se me caliente, que ya acabo. Como le decía, Villalta terminó de puto barato, y un día lo encontraron muerto en el bosque de Palermo, con los pantalones bajados y el cuerpo destrozado a golpes; le habían dado una paliza y violado con una raqueta, según dictaminó el forense y confirmó la posterior investigación policial. Los asesinos resultaron ser tres hinchas de River, que, después de un partido, se pusieron en pedo con vino berreta y decidieron divertirse sacudiendo a un travelo. Se ve que no lo reconocieron, o que se les fue la mano, o quizás se ensañaron con él porque les dio bronca que una figura como había sido Villalta cayera tan bajo. Nunca lo dijeron, y la cana tampoco se tomó muchas molestias en averiguarlo. Mandaban los milicos y esas cosas se tapaban, no fuera que en el extranjero se pensaran que los argentinos éramos una manga de degenerados...

—¡Qué hijos de puta!, ¡qué hijos de la gran puta! —exclamó con bronca Fernández.

—Bueno, y ahora que ya se le pasaron las prisas, se va a acercar al mostrador a pedir una cerveza grande y unas empanadas, que, de pronto, el apuro nos entró a nosotros, los viejos.

Fernández el joven obedeció y enfiló el camino, mientras el resto del grupo lo contemplaba divertido, haciendo bromas a su costa y fumando hasta que regresó con el pedido; el último de aquel domingo tan anodino.

Muy profesional

La cita fue en un viejo café del barrio de Flores. Uno de los dos hombres era un cuarentón, delgado, vestía campera de cuero con *jeans* gastados y aguardaba sentado a una mesa desde cinco minutos antes de la hora fijada. El otro frisaba los sesenta, iba de traje y llegó puntual, acompañado de un tipo alto, morrudo y de nariz chata, que se acodó en el mostrador sin quitarle los ojos de encima a su jefe.

—¿Es usted Simón? —preguntó el hombre de traje al aproximarse a la mesa.

El flaco asintió con la cabeza e hizo un gesto con su mano, invitándolo a tomar asiento. En el bar no había nadie más que ellos tres, aparte de un mozo somnoliento, que, sin embargo, atendió con premura a los recién llegados. Pidieron café, coñac y permanecieron callados hasta que fueron servidos. A continuación, el escolta se puso a leer un manoseado diario mientras los que estaban sentados iniciaron las negociaciones.

—Quiero que haga desaparecer a alguien —expuso directamente, antes de añadir—: me dijeron que usted es el mejor.

—¿De quién se trata? —inquirió Simón, con una estudiada indiferencia que potenciaba la frialdad natural de su rostro.

—Tenga, acá viene todo —respondió el primero, extendiéndole una carpeta plástica con las tapas negras.

Simón hojeó brevemente el dossier mientras adivinaba la ansiedad en los ojos del hombre que tenía enfrente. Le gustó la sensación, y la prolongó unos instantes más.

—No voy a preguntarle por qué quiere matar a su yerno, tanto me da. Lo que sí me interesa saber es por qué no se lo encarga a ese gorila —dijo, señalando al ropero del mostrador con un toque de cabeza.

—¿Walter? Jaja, como usted mismo dijo: es un gorila, y a un simio no se le puede pedir que piense, y mucho menos encargarle asuntos de esta índole... y en cuanto a mi yerno, quiero que lo liquide, y le voy a decir la causa principal, porque también hay varias secundarias, aunque no lo haya preguntado: lleva años maltratando a mi hija. Por alguna razón que se me escapa y que tiene más que ver con la psicología que con la lógica, ella lo ama, y busca todo tipo de argumentos para justificarlo. Pero yo ya me cansé de aguantar a semejante miserable. Nunca me gustó, así que no quiero perder el tiempo contratando matones para que le den una paliza, porque sé que los maltratadores no se curan y, al tiempo, va a volver a sacudirla. Necesito una solución definitiva. Cortar el mal de raíz. No me importa lo que cueste. ¿Qué me dice?... ¿está interesado?

—Cobro por adelantado y ésta es mi tarifa —contestó Simón, al tiempo que garabateaba una abultada cifra en una servilleta de papel.

—Bien.

—Entonces tenga el dinero listo y aguarde mi llamada. Y no se preocupe de más; yo ya le voy a aconsejar para conseguirse una buena coartada.

Diez días después de la cita, Simón estacionaba su auto en las cercanías del domicilio de su objetivo. Como todos los jueves, el tipo acudía a cenar con unos amigos a una parrilla distante cinco cuadras de su casa, a pie, sin compañía, y atravesando unas veredas oscurecidas por la noche y la frondosidad de los árboles que jalonaban las veredas y amortiguaban la luz de las farolas. Era el escenario perfecto para un crimen.

Simón se apeó del vehículo, para no llamar la atención de algún vecino curioso, y se dirigió caminando pausadamente hasta donde vivía el sujeto. Al igual que en todas las ocasiones previas, en ésta también sintió angustia ante la inminencia de la ejecución. Encendió entonces un cigarrillo y se obligó a fumarlo con calma mientras, desde la vereda de enfrente, aguardaba que el tipo saliera por la puerta.

El hombre no se demoró mucho en aparecer, y cuando finalmente lo hizo, al cabo de cinco o seis minutos, Simón pudo comprobar que era más alto y fornido de lo que aparentaban las fotos, aunque concluyó que no hay físico que se banque las balas, sobre todo si quien las dispara es un profesional.

El individuo comenzó a caminar con paso ligero, por lo que Simón se vio obligado a dejar sus reflexiones para mejor ocasión. Tiró el pucho al piso y emprendió el seguimiento, manteniendo una distancia prudencial, sabiéndose favorecido por un doble hecho: ir detrás de la víctima, lo que lo situaba fuera de su campo visual, y el avance de la noche, que lo oscurecía todo.

A lo largo de las dos primeras cuadras, la dinámica se mantuvo inalterable: uno caminando rápido por una vereda, y el otro siguiéndole discretamente por la contraria, un tanto rezagado y sin hacerse notar. En la tercera, sin embargo, las cosas cambiaron, provocando la rápida precipitación de los acontecimientos. Simón cruzó la calle, con la pistola dotada de silenciador apretada bajo la campera, aceleró la zancada y se situó a escasos diez metros del tipo. Fue entonces cuando el tipo se volvió de golpe, de forma instintiva, seguramente al escuchar pasos a su espalda. La visión de un desconocido sosteniendo una pistola le heló la sangre de golpe, pero apenas tuvo tiempo de darse cuenta de nada: tres disparos —entrecejo, garganta y corazón— lo enviaron al más allá sin darle oportunidad de comprender.

Tras observar, indiferente, cómo el pesado cadáver se deslizaba hacia el suelo después de chocar contra la pared, Simón desenroscó hábilmente el silenciador, miró cauteloso en todas las direcciones y sonrió satisfecho: «Éste ya no vuelve a pegar».

Después, desapareció por donde había venido.

Obituario imaginario

El director porteño Marcos Reinach fue uno de los cineastas argentinos clave de la década de los setenta, especialmente con cuatro títulos —*Connotaciones letales, Los silencios oportunos, Operación Tero* y *La rara muerte de Laura H.*— con los que se afianzó su reputación como especialista en películas de intriga política.

Tras una docena de largometrajes a lo largo de tres décadas, Reinach será recordado como un director que mimaba a sus actores y un cineasta que se entusiasmaba en la recreación de atmósferas sofocantes, opresivas, e historias complejas donde las relaciones personales estaban siempre comprometidas por las turbias maquinaciones del poder.

Durante los años ochenta, su carrera fue un tanto errática, para retornar inspirado en los noventa con títulos como *Laberinto, El general, Cadencias criminales* y *Lágrimas negras.*

Venido al mundo en Villa Crespo, era hijo de un banquero francés de origen judío, que volcó en su hijo su pasión por la literatura y el cine.

Doctorado en filosofía por la UBA, comenzó a trabajar como publicista en una multinacional norteamericana, actividad que abandonó cuando vendió sus primeros guiones cinematográficos.

En 1970, después de divorciarse de la actriz Gabriela Kadarian, se casó con la arquitecta uruguaya Sandra Hellman, madre de sus dos hijos: Alberto e Irene.

* Marcos Reinach, nacido en Buenos Aires el 25 de marzo 1930, falleció ayer en accidente de tráfico en la avenida Corrientes.

Courage

Se llamaba Jean Bourriaud. Algunos lo conocieron como Pierre Roche, y otros, como Michel Dusautoir, Roland Clerc o André o Henri, o por cualquiera de los muchos alias que utilizó. Había nacido en 1919, en Cergy (Val-d'Oise), localidad cercana a París donde sus padres poseían una imprenta. Tuvo una infancia normal y, a los dieciocho, ingresó en la Sorbona para estudiar Derecho. A finales de 1940, abandonó sus estudios e ingresó en la Resistencia, dedicando todos sus esfuerzos en la lucha contra los nazis. Según cuentan quienes lo trataron en aquella época, Borriaud era un tipo alto y delgado, enérgico, tosco, desconfiado y dueño de un carisma que hacía estragos entre la gente. Por eso a nadie extrañó que, pese a su juventud, muy pronto se convirtiera en líder regional del movimiento. Él y sus hombres se ocupaban no sólo de actos de sabotaje cada vez más temerarios, sino, también, de la ejecución de colaboracionistas, la falsificación de documentos para los judíos, la organización de vías para que pudieran escapar o la búsqueda de escondites para eludir las redadas. Sin ir más lejos, mi tío-abuelo Carlo Finzi, que en esos años vivía en París y pretendía ser pintor, pudo salvar su vida gracias a un falso pasaporte argentino, a nombre de Juan Carlos Olgiatti, que le había sido proporcionado por la red que dirigía Borriaud.

Fue precisamente gracias a mi pariente, que yo supe de la existencia de este héroe francés. Según me contó, aprovechando cualquier reunión familiar para retomar el tema, al acabar la Segunda Guerra Mundial, a Bourriaud le dedicaron una calle en el distrito XVII, muy cerca del Parc Monceau, y fue condecorado por el general De Gaulle con la Cruz de la Liberación. En los siguientes años, Bourriad llevó una vida tranquila, compaginando su actividad de abogado y el mantenimiento de la imprenta fundada por sus padres. Y así continuó hasta mediados los cincuenta, en que colaboró activamente con la organización de Henri Curiel de asistencia al FLN argelino, convirtiéndose en su mano derecha. Con motivo de ello, fue tachado de traidor, su nombre se retiró de la calle que le habían dedicado, y se exilió secretamente en Bélgica, desde donde siguió con la lucha. A pesar de que Argelia logró su independencia en 1962, Borriaud no regresó a Francia hasta 1964. Sabía que su vida estaba en peligro, que las amenazas de muerte de la OAS seguían vigentes, y que las fuerzas de seguridad del Estado no iban a tomarse demasiadas molestias por protegerlo. De ahí que su vuelta se redujera a unas pocas semanas; lo suficiente para liquidar sus bienes y largarse a otra parte.

Durante un tiempo, nadie volvió a saber de él, hasta que aterrizó en Buenos Aires. Transcurría el año 1967 y Bourriad se instaló como fabricante de pinturas bajo la identidad de Roland Clerc, natural de Lyon. Las cosas le fueron bien. El negocio prosperaba, se casó con una argentina de ascendencia armenia y tuvieron dos hijos: Michel y Carina. En 1976, con la llegada de la Junta Militar presidida por Videla, Roland Clerc y su familia parten hacia Francia. La idea era permanecer en París durante un tiempo y esperar a ver cómo evolucionaban los acontecimientos. Pero las noticias que llegaban eran malas, y Roland se impacientaba. Si en su juventud había luchado contra el nazismo, y después contra el colonialismo, no iba a quedarse ahora de manos cruzadas contra una dictadura de corte fascista en el país de su mujer e hijos. Por desgracia, en esta ocasión no pudo hacer nada: dos días antes de retornar a la Argentina, fue asesinado al salir de una farmacia de la *rue* Copernic. De acuerdo con los testimonios de testigos presenciales, un par de hombres, con pasamontañas, bajaron corriendo de un Peugeot y le dispararon un total de seis tiros, antes de escapar en el mismo vehículo. La acción duró apenas unos segundos, y la víctima ingresó ya cadáver en el hospital.

Nadie se atribuyó la autoría del atentado, y aunque nunca se detuvo a los culpables, las sospechas recayeron sobre la OAS y un grupo perteneciente a los servicios secretos franceses denominado La Main Rouge.

Menos de dos años más tarde, su íntimo amigo Henri Curiel corrió idéntica suerte.

Hoy, cuando ya transcurrió un cuarto de siglo de su muerte, todavía me sorprendo cada vez que paso en el auto por Juan B. Justo y Warnes, y veo el apellido Borriaud pintado en rojo sobre la pared blanca de la fábrica de pinturas. Pienso en todos los que transitan por allí a diario y ese nombre no les dice nada, en aquellos que salvaron la vida gracia a su valentía y, sobre todo, en sus clientes, que a buen seguro se preguntan: «¿Por

qué carajo lo de Pinturas Borriaud, si el dueño es un
pendejo que se llama Michel Clerc?»

Aparición nocturna

Samuel despertó de una pesadilla, bañado en sudor y con una taquicardia que le hizo llevarse, con aprensión, la mano al pecho. De inmediato, se percató de que no estaba solo en el cuarto: un extraño individuo, vestido todo de blanco, lo miraba con sorna, apoyado en la esquina de su escritorio.

—¿Quién es usted? —preguntó, asustado, Samuel—. ¿Es Dios? —añadió.

—¿Te creés que Dios no tiene otra cosa que hacer que venir a verte, boludo? ¿Quién te pensás que sos?, ¿Moisés? ¿Vos me ves aspecto de zarza ardiente? —contestó el extraño.

—Entonces... —balbuceó el asustado Samuel.

—Soy el Malaj-a-Mavet.

Recordó confusamente que, en la tradición judía, el Malaj-a-Mavet es el Ángel de la Muerte.

—¿Quién?

—El Malaj-a-Mavet —volvió a afirmar el extraño, alzando la voz y adoptando una pose orgullosa que enseguida se desvaneció ante la expresión ignorante del infeliz—. ¿Vos no sos Samuel Levinger?

—No, yo soy Samuel García, para servirle.

—O sea, que no sos judío.

—No.

—Y éste no es el 1256 de Lincoln Boulevard.

—No, éste es el 2165.

—¡La pucha! Ya volvieron a darme las señas equivocadas... ¡¡Así no se puede trabajar!! Estoy hasta las bolas de estos angelitos chupamedias y de los sindicatos. Che, contame, ¿en qué andabas soñando, que te despertaste tan sofocado?

—Soñé que me moría.

—¿Ah, sí? ¿Cómo?

—Me daba un ataque al corazón mientras dormía.

—Hummm, qué interesante,

—¿Interesante por qué? —se interesó Samuel, alarmado.

—Porque acá, en el informe que me dieron, se especifica el infarto en el apartado «Causa del óbito».

—Pero, pero, en mi sueño yo me moría un domingo, y hoy es martes.

—¿Y cómo sabés que era domingo? ¿Acaso los ataques al corazón no son todos iguales, con independencia del día de la semana?

—Es que, en mi sueño vi cómo me acostaba con molestias en el pecho, provocadas por el descenso a segunda división de mi equipo de fútbol y...

—Bueno, bueno, dejate de milongas —le cortó el Malaj-a-Mavet sin miramientos—. Ya que estoy acá, te llevo, porque ahora me da pereza desplazarme hasta la otra dirección... además, te aclaro que yo vine hasta acá en subte, ni siquiera en un remis, y mucho menos volando, como se piensan ustedes, los pelotudos mortales.

—Pero, yo quiero vivir más, y además... yo no soy judío.

—¿Qué pasa?, ¿sos antisemita?

—No, pero...

—¿Pero qué?

—Que quiero vivir.

—«Quiero vivir», «quiero vivir», eso gimotean todos cuando vengo a buscarlos. ¿Para qué querés vivir más? ¿Te creés que tu miserable vida va a cambiar en algo por unos días de regalo? Dale, vení, que ya viviste bastante.

—Pero es injusto...

—Y, sí... La vida es injusta, y la muerte también; aunque, la verdad, algo menos.

—¿No podríamos llegar a un acuerdo?

—¿Vos me querés coimear? ¿Con quién te pensás que estás hablando?, ¿con el vigilante de la esquina? ¡Yo soy un ser divino!

—No, no, perdone, no quería decir eso, pero, por favor, déjeme vivir, déjeme vivir, Ilustrísima —suplicó Samuel, poniéndose de rodillas y llorando como un cocodrilo.

—Hummmm, no sé, no sé... La verdad es que no me caés mal, pero yo tengo que llevarme un Samuel esta noche.

—Sí, pero yo soy Samuel García.

—Por eso no te preocupés, que el apellido lo corrijo con típex en un minuto. Total, allá arriba lo único que les interesa es que les lleve a alguien y las estadísticas les sigan cuadrando.

—Por favor, por favor, no quiero morir... —volvió a implorar Samuel

—Bueno, mirá, vamos a hacer una cosa. ¿Vos tenés auto?

—Sí —contestó, intrigado y sin comprender.

—Pues entonces vestite y llévame al 1256, porque, insisto, hoy tengo que llevarme un Samuel. Ah, y andá rezando para que el tipo esté en casa.

ÍNDICE

Guido Finzi

Nació en Buenos Aires (Argentina), pero siendo aún niño se trasladó con su familia a España. Ha residido en Madrid y Granada, entre otras ciudades. Sus relatos se han incluido en antologías europeas y americanas, y ha escrito artículos sobre los más variados temas para revistas de cultura. La publicación de su primer libro, *Rumbo Sur*, dio a conocer a los lectores del ámbito hispánico a un autor cosmopolita, de estilo elegante, nostálgico e irónico, heredero de los mejores cultivadores argentinos del relato y de narradores como el norteamericano Paul Auster o el italiano Alberto Moravia. El gusto por las historias contadas de mesa a mesa en los cafetines porteños, los encuentros casuales, la memoria y el desengaño, los amores recobrados y perdidos… *Miradas*, su esperado segundo libro de relatos, lo confirmó como un mago de la sugerencia y la creación de atmósferas.

Más información en
www.acvf.es